往事一幕一幕

許正勳　著

市長序

四百年歷史之都，淬鍊出臺南文學繁華盛景

臺南是一座充滿歷史風華的古都，擁有深厚的人文底蘊，也是首座以文化立都的獨特城市。這座城市代代人才輩出，不僅藝文發展蓬勃，更在豐饒的沃土上盛開出如百花般的文學繁景，在地域風土上，自府城至鹽分地帶，由老城區到廣闊的濱海和蓊鬱的山林之地，每個地區皆蘊含著故事的濃鬱香氛，化為創作者的養分，孕育出不同地區獨有的文學風景，並於文壇上各領風騷；在歷史縱深上，從古典詩文、鄉土寫實文學，到當代的創新語彙，長久以來不間斷地綻放著耀眼多彩的光芒，滋養且豐富了人們的心靈內涵。

在即將歡慶文化之都四百年之際，欣見老中青及不同文類領域的創作者共同為臺南的文學花園點綴出更加動人的光彩與榮景，作品無論是使用本土語言或華文，文類不論是現代詩、散文或評論集、報導文學等，在在都充滿了在地的生命力。作為一座值得沉浸巷弄之間、細細感受品味文化內涵的城市，長期推動文學發展，鼓勵與激發文學創作能量，並同時持續出版文學作品，保存文學史料等，

皆是市府重要的文化政策之一，也是責無旁貸的首要任務。

臺南作家作品集累積至今已進入第十三輯，縣市合併後總計出版了八十四冊優秀文學作家的精彩作品。本輯經由臺灣文學專家學者：國立成功大學陳昌明教授、呂興昌教授、廖淑芳教授，以及國立中興大學廖振富教授和國立臺灣文學館林巾力館長等人所組成的編審委員，以主動邀稿和公開徵選等兩種方式，經一番評選後，共選出邀稿作品龔顯榮《拈花對天窗——龔顯榮詩集》、林仙龍《我在；我在鹽鄉種田》，及徵選作品顏銘俊《向文字深邃處摘星——華語文學評論集》、蕭文《記述府城：水交社》、許正勳《往事一幕一幕》、林益彰《南國夢獸》等六部優秀文學作品，兼顧資深作家作品與年輕世代的創作，內容豐富多元。感謝五位委員們的辛勞與獨到眼光，不使有遺珠之憾，也感謝作者們的珍貴文稿，共同榮耀了臺南文學，並為這座城市點亮光彩。

臺南市　市長 黃偉哲

局長序

一起領略文學帶來的心靈饗宴

臺南作家作品集的出版，是對臺南文學的致敬，也是作家們熱愛臺南生活與文化的真摯表達。今年第十三輯共出版六部作品，在字裡行間，書中每個角落流淌的故事，彷彿時光隧道，帶領我們重返時光；在每一篇章，都能感受到熱情與堅韌的在地文化精神貫穿其中，臺南飽滿的文學風景和故事情節躍然紙上。

龔顯榮是臺南先輩作家，於 2019 年過世。他的第一本詩集《來自靈山的一朵小花》出版於 1968 年，並直到 1990 年才發表第二本著作《天窗》，成為其巔峰代表作。可惜兩書皆絕版多時，此次經高雄師範大學退休教授李若鶯積極聯繫後代和各詩刊、文學雜誌，徵得詩稿和授權，終能編成《拈花對天窗——龔顯榮詩集》專書，再現前輩作家精彩詩作，極為珍貴難得。

資深作家林仙龍，出身鹽分地帶將軍區，早年離鄉在外工作，在歲月淘煉後，近十餘年在故鄉蓋了一幢小農舍，頻頻返鄉居住，過著一面耕農一面書寫的生活，完成詩、文及田園景致交融的《我在；我在鹽鄉種田》，全書既描繪出鹽鄉特有的濱海與鹽田風景，也營造出情意靈動的境界。

顏銘俊，是哲學領域的年輕學者，除了學術研究，也長期書寫文學與電影評論，新書《向文字深邃處摘星——華語文學評論集》便收錄了三十三篇評論文章，計有二十九篇新詩評論、四篇散文評論，每篇皆是紮實的細讀細評，非泛泛討論，對於喜歡的讀者們，是很具有參考價值的一本書。

出身府城地區眷村的蕭文，長期爬梳水交社眷村人文歷史和人物故事，最新作品《記述府城：水交社》內容以三大部分來深入記錄在眷村的生活經驗，也書寫出外省族群集體的共同記憶。

台語文創作者許正勳是濱海地帶七股人，他早期擔任國中英語老師及國內外台語師資培訓班講師等，曾榮獲多屆文學獎項肯定，著有《園丁心橋》、《放妳單飛》、《鹿耳門的風》及《烏面舞者》等多本台語詩集、散文集。新書《往事一幕一幕》是其二十年完整的心情紀錄，立意樸實，文字精煉，共分為地景、至親、黃昏、囡仔時、鹽鄉、人物、詠物、環保及心情、雜記等十輯，作者回顧一生的路，有甘有苦，一幕一幕，感觸良多，化為一首一首真誠的台語詩篇。

年輕作家林益彰，曾榮獲不少文學獎項，並出版多本著作如《南國囡仔》、《臺北囡仔》、《石島你有封馬祖未接來電》、《金門囡仔 · 神》等，作品亦常刊載於國內各報章雜誌。新書《南國夢獸》風格創新，詩句與詩意富奇幻風格，是新生代另類的書寫語言。

本輯六部作品，有如六場心靈饗宴，每一部作品都各有其不同的特色和精彩之處，在此邀請喜愛閱讀的朋友們，一起來領略臺南文學的多樣性面貌。

臺南市政府文化局　局長 謝仕淵

主編序

傳承與累積

臺南作家文學從古典到現代，傳承不斷，縣市合併前至今，近三十年的作家作品集，每年都有豐碩的傳承與累積，老幹新枝，各呈風華。此次《臺南作家作品集》推薦與徵選作品輯共十一冊，最後決定出版推薦作品《拈花對天窗——龔顯榮詩集》、《我在；我在鹽鄉種田》，徵選作品《向文字深邃處摘星——華語文學評論集》、《記述府城：水交社》、《往事一幕一幕》、《南國夢獸》共六冊。

龔顯榮《拈花對天窗——龔顯榮詩集》。作者是府城前輩詩人，其作品富含哲理，轉折微妙，詩作〈天窗〉膾炙人口，早年即有意收入其作品出版，惜未能獲得手稿，此次幸經李若鶯老師與其家人聯繫，才得以授權，彌足珍貴。

林仙龍《我在；我在鹽鄉種田》。作者是著作頗豐的鹽分地帶作家，成名甚早。他的兒童文學、詩、散文都有相當多的讀者，此次以返鄉後生活為書寫主題，自然景物與田園生活，天光雲影，詩文並呈，筆下鹽鄉農漁生活與事物記趣，寧靜而不喧嘩，值得品味。

顏銘俊《向文字深邃處摘星——華語文學評論集》。這是一本以現代詩評論為主的著作，本書逐字逐句分析詩作，專注於詩句與詩旨的推演，作品詮釋深入，文字有味，雖析論模式稍嫌固定，但作為愛詩者的導讀之作，堪稱適當。

蕭文《記述府城：水交社》。作者出生眷村，長期挖掘水交社眷村的人物故事與社區歷史，訪談紀錄甚多，發表過許多相關文章。水交社是臺南眷村的重要指標，本書考證蒐集許多第一手史料，記錄近代史縮影，題材深刻，值得保存。

許正勳臺語詩集《往事一幕一幕》。作者長期書寫臺語詩，早已卓然成家，此次透過地景與人物書寫，更為動人。尤其第三輯「黃昏」，寫夫妻恩情與妻子罹病過世後的思念，情真意切，感人肺腑。

林益彰《南國夢獸》。作者雖年輕，卻已得過許多文學獎，擔任「南寧文學 · 家」進駐的藝術家，書寫臺南三十七區，言語跳耀靈動，充滿奇思幻想，用典有趣，頗具個人創新風格。

本輯主編　陳昌明

（國立成功大學中國文學系名譽教授）

推薦序

序正勳老師詩集《往事一幕一幕》

許長謨（國立成功大學中文系退休教授）

佮許正勳熟似，是佇二十年前教育部拄好佇咧推揀「九年一貫」鄉土母語教育的時陣。有兩擺收著正勳老師的詩集，真是欽佩。當時會曉用臺語文寫作的人真是罕見，閣有法度共詩合輯成冊，一定有伊真正的詩心佮才情。三不五時仔欣賞伊的詩作，不時仔會看著細密的情懷，也感受著這位詩人滿滿的悲憫佮對親人的愛。

這一擺，《往事一幕一幕》完整記錄著正勳老師二十年來較完整的心情紀錄。咧欲出版的詩集，這是臺南市文化局對伊長期以來筆耕，對故鄉、對文化堅持的肯定佮鼓勵，也是正勳老師為家己人生回顧做完整紀錄。當伊電話中希望我會當為伊寫一篇序文，我當然非常的願意，一方面是榮幸，一方面也樂意借這本詩集的良善真情，為逐家紹介這位詩人這份純情佮悲憫情懷。

寫詩無像寫散文會當直接講真濟心內話，好佳哉正勳老師的文字精煉，立意樸實而純良，斟酌看也會當看出真事件佮好性情。對伊詩的鑑賞中，也會當理解這二十年來，而個人、而家庭、而社會、而臺灣、而國際的真濟變化，攏一一記存佇伊詩集中。

這本詩集，收入跨越二十年光陰的故事，佮人生的遭遇，詩人用體貼的分類，替讀者鋪排整理這段光陰的故事，成長、經歷佮情感發受……就如同詩集《往事一幕一幕》的名稱仝款，這本詩集目錄所記的內容總共十輯，也拄拄好是正勳老師對家己性命的回顧佮感受：

第一輯〈地景〉的表象，親像咧描寫臺灣幾个名勝地景，卻是伊佇南部——尤其是臺南、高雄，是詩人性命中上重要的深情背景；第二輯〈至親〉到第三輯〈黃昏〉是規本詩集中，上蓋纏綿的親情流露，正勳老師對家人，尤其是珍愛一生的牽手，上深切的情感紀錄。懷久病而西歸，遺憾無法彌補，借無奈的多情文字，此恨綿綿無絕期，文字無論長或者短，攏予人動容！

第四輯〈囡仔時〉一方面做回憶，一方面做童年的文化生活的題材。第五輯的〈鹽鄉〉、第六輯的〈人物〉，是詩人對仝時陣做伙成長的歷史佮人物互動的紀錄，這兩輯當中有袂少故事佮紀錄難得珍貴，會使做臺灣史傳記的補充資料；第七輯〈詠物〉、第八輯〈環保〉、第九輯〈心情〉佮第十輯〈雜記〉，會當做前六輯的枝葉佮花蕊，有系統刻畫真濟詩人文學之日常，長綿綿的性命感受。

整體來看，這也算是一部「詩史」，範圍可能無蓋闊、時間可能無蓋長，但卻是確確實實記錄臺灣近三十年來現代臺語文學發展，一个條理清楚佮性命確實的實例題材。正勳老師運用伊精準的臺文語詞、樸實的經歷、溫柔的感受，一步一跤印分享予咱，伊一个豐富完整，性命的故事。

作者序

釣夢

更深深夜靜靜，一枝釣竿仔欲釣夢，記持深來食餌。會記得細漢的時蹛庄跤，老爸真早就無--去，厝--裡散，衫仔褲穿補，食番薯簽脯飯配菜脯；嘛有充滿歡喜溫馨（hing）的回憶，睏椅條（liâu）、炕番薯足趣味，穿第一雙布鞋仔上台領縣長獎，共阿母的愛收起來园佇心肝底，尤其是蹛外媽兜蹈林菝欉欲挽林菝，雄雄跋落屎礐仔，是一世人僫拄搪、無人有的真實驚魂記，成做永遠的記持。

更深深夜靜靜，一枝釣竿仔欲釣夢，鄉愁重來食餌。自離開家鄉，搬去較鬧熱的佳里鎮，為欲佮散赤拒絕往來，鑽入去『汲汲為稻粱謀』的迷魂陣，做錢空�！逐日佇學校教冊下班了後，猶有歇寒、歇熱，閣踮厝--裡開小小補習班趁外路仔，舞成十冬，操甲胃破空動大手術！後--來搬來府城定居，故鄉的情景、純樸的鄉親，定定佇夢中出現。誠拄好，內媽後頭厝就佇近近仔隔壁庄頂山仔村，遐是較早曝鹽的所在，是小小鹽鄉。鹽埕、水車、鹽堆、白翎鷥、小火車，猶有鹽工的形影，嘛做伙行入詩境。

更深深夜靜靜，一枝釣竿仔欲釣夢，親情厚來食餌。阮老爸為著養飼一家大細五个頭喙，綴人去港都高雄踏三輪仔車趁艱苦錢，真不幸！去予自動車挵--死！彼當陣我猶是一个三歲的囡仔囝，阿兄嘛干焦（kan-na）五歲爾爾。阮阿娘為欲完成翁婿在生的願望（老爸常在咧講，準講會做乞食共人分，伊嘛欲予家己的囝兒讀冊，毋免閣再做青盲牛，毋免親像伊一世人拚硬仔趁流汗錢），甘願落田削蔗根做女工，加入佈粟仔團佇水--裡浸規工，倒退行咧佈田，栽培我讀大學。特別會記得國小出業、考牢南一中心驚驚，煩惱無錢稅厝食飯欲按怎！佳哉！阿姑仁慈肯收留，為我洗衫、煮飯三四冬。姑疼孫，遮爾大的恩情，到今我猶咧感念。

更深深夜靜靜，一枝釣竿仔欲釣夢，翁某情難割捨來食餌。想起半世紀前青春少年時，阮牽手無嫌我散，堅心綴我一世人做伙食穿。婚後，綴我行少人行的路，佇戒嚴時期積極投入臺灣民主運動，替人扛轎幾若冬。階段性任務完成，隨雙雙蹽落去受難池，欲共臺語救予活，無求利無求名有力盡拚。百般無奈、萬般毋甘，2021三--月上尾日，伊度過七冬外苦難暝日、戰袂贏病魔，隨緣而去！悼亡妻哭斷腸，「春蠶（tshâm）到死絲方盡，蠟炬成灰淚始乾」。但願化身春天的蠶（thâm）仔，吐盡對伊會了袂盡的思念。

這本詩集有我思鄉懷舊、至親情深、囡仔時代散赤、少年時學校生活、中年以後積極投入搶救母語運動的鹹酸苦汫、老年喪偶對亡妻入心的思念、關心環保、人物描寫、人性批判、詠物（īng-bu̍t）、寫景，多方面的深入體察。

七十八歲老人幼年喪父，老年喪妻，歷盡滄桑！敢若會記得 Hemingway 捌講--過：不幸的囡仔時，正是文學創作的源泉。加上遲暮餘生，遭逢扶持相牽較臨半世紀的老伴無--去，感觸足深！越頭看家己行--過的路，有時甘甜有時酸苦。往事一幕一幕，化做一首一首發自真誠的母語詩，鋪成一條刻畫人生旅程的詩路。

許長謨教授是資深開明的學者，一向對臺語的復振，盡心盡力，有真大的貢獻。足感謝伊無棄嫌，足阿沙力隨答應，為我的詩集寫推薦序，予詩集增加光彩。嘛感謝好友施明勝老師，撥工替詩集做最後校對。伊是認真拍拚、優秀的臺語老師，對臺語字音字形足有研究，捌著過全國比賽第一名。有伊的協助，大大提升詩集用字佮標音的正確性。特別欲感謝諸位評選委員的肯定，才有這本詩集的出世證明。

寫佇出版進前

2023.9.30 府城更深

註：

1. 屎礐仔 (sái-ha̍k-á)：糞坑；舊式廁所。
2. 汲汲為稻粱謀（華語）：忙於謀求衣食。
3. 做錢空艛 (tsò tsînn-khang-nn̍g)：吾鄉流行的口頭禪，比喻自願當個把心思都用在賺錢上的人。
4. 頭喙 (thâu-tshuì)：家裡的人口。
5. 青盲牛 (tshenn-mê-gû)：比喻文盲。
6. 拚硬仔 (piànn-ngē-á)：靠勞力掙取費勁難賺的錢。
7. 扛轎 (kng-kiō)：本義是抬轎，常用來比喻幫人助選。
8. 春蠶……淚始乾：語出唐詩、李商隱佳作，喻堅貞的愛情至死不渝。台語誦讀時，須使用文言音。
9. 敢若 (kánn-ná)：依稀、彷彿。
10. Hemingway：海明威（Ernest Miller Hemingway，1898-1961，美國小說家，1954 得諾貝爾獎）。
11. 遲暮餘生 (tî-bōo û-sing)：比喻晚年。遲暮，指年歲老大。餘生，指老年人的晚年。
12. 遭逢 (tso-hông)：人生的命運變化。
13. 開明 (khai-bîng)：開通。能跟隨時代思想潮流，不頑固守舊。
14. 阿沙力 (a-sá-lih)：指做事爽快、乾脆，借自日語「あっさり」。

（附註）

春蠶到死絲方盡（tshun-tshâm tò sú si-hong-tsīn），
蠟炬成灰淚始乾（la̍h-kū sîng hue luī-sú-kan）。

☆ 蠶（文言文 tshâm　白話文 thâm）

目次

第三輯　黃昏

第四輯　囡仔時

第五輯　鹽鄉

第六輯　人物

第七輯　詠物

第八輯　環保

第九輯　心情

第十輯　雜記

第一輯

地景

愛河的水

光滑光滑一面鏡
會當照水影
縖佇一大片繁華腰身
一條無蓋長無蓋闊玉帶
溫柔吹佇伊的媠面
陪伴世世代代港都人
貯濟濟濟悲歡離合

過去的落伍
往時仔的歹名聲
這馬的繁華
現此時遮爾仔得人疼
歷盡滄桑的河啊
有幾个人知影

打狗川抑高雄川也好
高雄河也罷
攏是新婦仔名阮攏無愛聽
1948 風颱也溫柔

共愛河遊船所借名
日本人挖--過
予走路政權放捒--過

蓮花化身佇 2000 以後
洗清『黑龍江』的臭
愛之船佇伊面頂逍遙
五--月龍船河中相逐
大小燈會點著河邊藝術
共『水漾愛河』種佇詩--裡
愛河的水啊，恬恬仔流

後記：〈愛河的水啊，西仔灣的湧〉發表佇《海翁台語文學》第 190 期，2017. 10。為欲閣較突顯主題，共伊拆做兩篇：〈愛河的水〉佮〈西仔灣的湧〉，而且經過潤色、改寫。

2016. 7. 26 寫 / 2023. 1. 9 大修

註：

1. 愛河 (Ài-hô)：河名，在高雄市，是臺灣著名景點。
2. 照水影 (tsiò tsuí iánn)：用水照映影像。
3. 縖 (hâ)：繫。
4. 歷盡滄桑 (lik tsīn tshong-song)：歷經世事無常，變化很大。
5. 新婦仔 (sin-pū-á)：童養媳。
6. 蓮花化身 (liân-hue-huà-sin)：脫胎換骨。
7. 點著 (tiám-to̍h)：點燃。
8. 水漾（華語）：水面微微動蕩的樣子。
9. 潤色：修飾文字。

西仔灣的湧

是灣澳是海灣
渾然天成
有柴山通靠
有夭壽媠夕照妝娗
平坦海坪淺淺海沙
起造海水浴場足芳的名

1927 台灣八景加持
『洋子灣』無想欲出名也難
台音婉轉
『斜灣』溫馴進化變成西仔灣

迷戀西仔灣溫柔
打狗英國領事館一直顧守佇遮
自 1865 痴情到今
弓一枝日本製穿心箭射向柴山
壽山洞共西仔灣佮哈瑪星牽倚
大學栽佇西仔灣勝地

戀戀西仔灣
旗後小島佮伊隔海相相
日日看渡船犁湧
來來回回一逝閣一逝
大船入港是上媠的風景
是一種歡喜
西仔灣的湧啊，
一波接一波一湧紲一湧

後記：〈愛河的水啊，西仔灣的湧〉發表佇《海翁台語文學》第 190 期，2017. 10。為欲閣較突顯主題，共伊拆做兩篇：〈愛河的水〉佮〈西仔灣的湧〉，而且經過潤色、改寫。

2016. 7. 29 寫 / 2022. 12. 2 大修

註：

1. 西仔灣 (Se-á-uân)：地名，在高雄市，有南臺灣著名的海水浴場。
2. 渾然天成 (hûn-jiân thian-sîng)：完全是天然形成的。
3. 妝娗 (tsng-thānn)：裝飾；梳妝打扮。
4. 平坦，音 pênn-thánn。
5. 海坪 (hái-phiânn)：海邊大片的沙灘。
6. 1927 年，由日本人海野三次郎負責建造西子灣隧道以穿越柴山，壽山被選為臺灣八景之一。1933 年正式啟用，當時稱之為「壽山洞」。
7. 清初，西子灣也被稱作洋路灣、洋子灣或斜灣，而在臺語的諧音引申下，斜灣逐漸被稱為「西仔灣」。
8. 哈瑪星 (Há-má-sing)：地名，在高雄市。日治時期，因為當地有兩條濱海鐵路通往商港、漁港和漁市場，日語稱為「濱線」（はません，Hamasen），當地居民以高雄腔臺語稱之為「哈瑪星」。
9. 勝地 (sìng-tē)：有名的風景優美的地方。
10. 相相 (sio-siòng)：相互對看、四目相視。

關仔嶺

山無懸嶺無崎
輕快旋律迷人歌聲
猶閣留佇遮
風吹微微樹葉青
蝴蝶多情鳥隻吟歌詩
阿娘仔對阮有情意

敨開千年不容心結
相攬相唚毋驚人看
水佮火同齊踮
你的情也熱　我的心也柔
交融佇混沌初開
不離不棄永世堅持
守護春天體溫
愛情密碼早就設定

紅男綠女
遊山嶺　洗溫泉
合唱戀愛歌
笑聲甜甜
飛入碧雲寺

2012. 11. 5《台江台語文學》
2018. 9《海翁台語文學》
2022. 7. 23 民視〈飛閱文學地景〉
2008. 7. 14 寫 / 2012. 8. 28 大修

註：

1. 關仔嶺 (Kuan-á-niá)：地名，在臺南市，是臺灣著名景點，有溫泉。
2. 輕快旋律迷人歌聲：指吳晉淮曲、許正照詞，流傳民間，不斷傳唱，有名的臺灣歌謠〈關仔嶺之戀〉。
3. 風吹微微……對阮有情意：跳躍式摘取〈關仔嶺之戀〉部分歌詞。
4. 不容 (put iông)：（水火）不相容。
5. 同齊蹛 (tâng-tsê tuà)：住在一起。「水佮火同齊蹛」，意指水火同源奇景。
6. 混沌初開 (hūn-tūn tshoo-khai)：混沌，太古時代世界開闢以前的狀態。初開，天地剛開闢的時候。

台灣詩路

毋但有田有塗
毋但有水有路
猶有島國純真樸素
決心轉作
欲種文化的根
種予深深深

認真掘出力挖
走揣土種仔
篩出真情佮疼顧
雲做牆
詩做路
土地的音聲幾若種
種佇詩的田園
種佇詩的國度
斑芝樹跤一排躼躼長
一个一个共詩吐

2009. 7. 14 寫 / 2022. 2. 1 修

註：

1. 台灣詩路 (Tâi-uân-si-lōo)：臺灣第一條文學步道，位於原臺南縣鹽水鎮田寮里。
2. 斑芝樹 (pan-tsi-tshiū)：木棉（樹）。

台江內海的船隻

載一粒分享的心
參逐家鬥陣
界線毋免畫
內海仔公家的
疏疏仔　細隻細隻
佇海的面寬寬仔行

毋免旗號
毋免喊喝
歡歡喜喜討掠
平平 Si-lah-iah

也無徵求海的同意
綴 1624 銃聲
外來的船隻
大範大範侵占伊的身軀

借商務競爭的名
敕島嶼的血
大船一隻一隻
佇海的面橫冽行
串載鹿皮白米佮赤砂
出海　轉口　貿易
紅毛船雄界界
駛東印度公司的帆

拺風戰湧
搬請媽祖助陣
四百隻戰船形影
三百四十六冬前連天鼓聲
佇 1661 的海面聚集

鹿耳門溪的風佇咧透
北汕尾的湧佇咧吼
台江內海滾蛟龍
改變島嶼運命
改寫歷史的源頭

敢是吳三桂附身
新仇？舊恨？
使弄一隻一隻戰船
生死決鬥佇澎湖海面
內海仔失守
共東寧王國神主
掛佇 1683 的城門

歷史戰鼓收起來园
商船大隻細隻連帆
鹿耳門港起碇
共行郊栽佇安平街仔

眾人跐踏的古戰場老--囉
袂堪得
雄雄一擺
移山倒海

1823 的塗石淹淹流
海鎖喉
湧變啞口
台江風雲沉埋

台江內海的船隻啊
駛入島國歷史的浮雕

2011. 9《海翁台語文學》
2008. 7. 25 寫 / 2022. 12. 12 修

註：

1. 公家的 (kong-ke-ê)：屬於大家的。
2. 寬寬仔行 (khuann-khuann-á kiânn)：慢慢地行走。
3. 討掠 (thó-lia̍h)：出海捕魚。
4. 平平 (pênn-pênn) ～：同樣；一樣。
5. Si-lah-iah：原來住在臺灣西南部平原（今臺南、高雄、屏東三縣市）的西拉雅（Siraya）族人。
6. 欶 (soh)：吸。
7. 横咧行 (huâinn-leh-kiânn)：比喻横行霸道。
8. 串載 (tshuàn tsài)：總是裝載。
9. 赤砂 (tshiah-sua)：砂糖，又叫「赤糖」。
10. 紅毛船 (âng-mn̂g-tsûn)：指荷蘭船艦。

11. 雄界界 (hiông-kài-kài)：兇狠的樣子。
12. 拄風戰湧 (tu-hong-tsiàn-íng)：乘風破浪。
13. 搬請 (puann-tshiánn)：慎重請出。
14. 北汕尾 (Pak-suànn-bué)：即北汕尾嶼。1661 年 4 月 30 日鄭成功揮軍登陸鹿耳門南岸的北汕尾嶼，趕走荷蘭人，改寫了臺灣歷史。
15. 滾蛟龍 (kún-kau-liông)：蛟龍翻滾。蛟龍，古傳說中一種似龍、能引起洪水的動物。
16. 吳三桂附身 (hū-sin)：比喻明鄭芝龍部將、清提督施琅平臺灣滅鄭氏王朝，宛若吳三桂引清兵入關之翻版。
17. 使弄 (sái-lōng)：挑撥；慫恿。
18. 東寧王國 (Tong-lîng-ông-kok)：明鄭王朝。
19. 起碇 (khí-tiānn)：船舶解纜或起錨準備開航。
20. 行郊(hâng-kau)：清代臺灣從事輸出入業的商人組成「行郊」，訂立規章，劃一買賣。
21. 踚踏 (thún-ta̍h)：踐踏。
22. 移山倒海 (î-san-tó-hái)：本為民間傳說樊梨花的故事。實指 1823 年南臺灣發生很嚴重的「風颱大水」，曾文溪、蔦松溪、許縣溪將山洪暴發所挾帶的大量泥沙沖積於台江內海，造成現今臺南縣市漚汪、將軍、七股、安南區、西區、南區一帶的台江水域陸浮成洲。
23. 淹淹流 (im-im-lâu)：洪水氾濫，土石奔流。
24. 啞口 (é-káu)：啞巴。

寒天的暗暝

幾枝輕嫲嫲仔稻草
一寡焦黃樹葉仔
隨風飄零
揣無所在
安身　歇睏

一个人影
對水銀燈跤行--過
穿厚棉裘
戴膨紗帽仔
頭勼勼
雙手插佇褲袋仔--裡

敢若一粒一粒
焦痛蘋果貫規捾
塑膠做的醮仔燈
汫黃的光
死穲仔死穲
一葩接一葩
牽甲躼躼長

一隻流浪狗
規身軀咇咇掣
覆佇
暗毿低牆仔跤
覕寒
寂寞孤單
霸占伊的心肝

2002. 6. 30《台灣 e 文藝》
2020. 12《海翁台語文學》
2002. 3. 8 寫 / 2022. 10. 28 大修

註：

1. 焦痡 (ta-pôo)：蔬菜或水果放太久，失去水分，枯萎乾掉了。
2. 貫規捾 (kǹg kui-kuānn)：用繩子或鐵線串成一長串。
3. 死穤 (sí-bái)：形容沒有旺盛的生命力。
4. 咇咇掣 (phih-phih-tshuah)：發抖。
5. 暗毿 (àm-sàm)：（形容一個地方）陰森森的。

第二輯

至親

思念的人

隱藏二十三冬
一甕冰冷
一爐烈火
燒出烘烘體溫
溫暖一粒有孝的心

小小一粒
黃玉金斗甕仔
貯一甲子遺憾
貯一家人的懷念

三歲囡仔囝　毋捌
失去老爸的疼迴心肝
兩萬一千九百外个日子
思思念念
揣無老爸的形影

六十三歲老人
猶原懇求
緣淺的老爸
夢中相見

· 詩寫先父重抾骨火化進祖塔

2022. 10《海翁台語文學》

2008. 6. 13 寫 / 2021. 9. 21 大修

註：

1. 烘烘 (hang-hang)：微熱的感覺。
2. 金斗甕仔 (kim-táu-àng-á)：骨灰罈。
3. 囡仔囝 (gín-á-kiánn)：小小孩。
4. 疼（甲）迵心肝 (thiànn（kah）thàng-sim-kuann)：錐心之痛。

阮阿娘

青春夢　啥人無
十八姑娘一蕊花
庄跤散赤查某囡仔
毋敢想毋敢夢

自伊二十歲嫁來阮兜
日夜操勞
歷盡滄桑

嘆一聲長長哀怨
1948 高雄前驛罩雺暗夜
瘦抽三輪車夫最後形影
無情自動車奪走青春性命
三歲五歲囡仔囝啥人來可憐
為著一个夢
甘願受苦拍拚幾若冬

會社廍動
削蔗根做女工
早出暗轉毋敢放
春天水暖
趕緊加入佈粟仔團
水--裡浸規工
倒退行咧佈田
跤爛手爛無怨嘆

後生大學讀完
成家立業
完成翁婿在生的願望
堅心　認命
純樸農婦一做一世人

火車到站落車
九十九冬坎坎坷坷
勇敢堅強阮阿娘
共會了袂盡的懷念
留予阮

2023. 1. 12 府城更深 / 2023. 10. 1 大修

註：

1. 歷盡滄桑 (lik-tsīn tshong-song)：歷經世事無常，變化很大。
2. 前驛 (tsîng-iah)：火車站前站。
3. 罩雺 (tà-bông)：起霧。
4. 囡仔囝 (gín-á-kiánn)：小小孩。
5. 會社廍動 (huē-siā phōo-tāng)：糖廠每年一次，定期恢復運作，啟動製糖。
6. 削蔗根 (siah tsià-kin)：原料甘蔗採收時，女工們的主要工作。
7. 佈粟仔團 (pòo-tshik-á-thuân)：受雇於農民的臨時性專業插秧團隊。
8. 佈田 (pòo-tshân)：插秧。
9. 坎坎坷坷 (khám-khám-khiat-khiat)：比喻很不平坦很不順利。

阮阿姑

舊年五--月時
剪絨仔花　花當開
選一蕊紅紅媠媠
想欲送予伊
揣無伊心頭酸
往事一幕一幕
浮眼前

花有情　心虔誠
一蕊溫馨
輕輕仔掀開初中記持
偏鄉出世苦命囡仔
毋捌入府城
考牢南一中心驚驚
直接通學無可能
無錢稅厝食飯欲按怎

阿姑仁慈慷慨
有疼心　肯收留

為我洗衫煮飯三四冬
彼當陣洗衫用挩枋用手捘

花有情　心虔誠
今年五--月若到
我欲選一蕊白白素素
送予天頂的伊
特別欲向伊懺悔
彼一年放蕩落第的我
大不孝
連累伊加食一冬勞苦忝頭

2023. 1. 11 府城台南 / 2023. 10. 1 修

註：

1. 剪絨仔花 (tsián-jiông-á-hue)：康乃馨。
2. 虔誠 (khiân-sîng)：恭敬而有誠意。
3. 溫馨，音 un-hing。
4. 通學 (thong-ha̍k)：每日搭（客運）汽車或火車上學、回家。
5. 挩枋 (thuah-pang)：洗衣板。
6. 捘 (tsūn)：擰（乾）。
7. 落第 (lo̍k-tē)：留級。
8. 忝頭 (thiám-thâu)：疲累。

送你上山頭

毋免為你啼哭
因為時間已經到
穿一世人樸素
食成百冬甘甜酸苦
農婦喙笑目笑影像
叫阮毋通為伊悲傷

毋免為你啼哭
因為時間已經到
行過九十二冬風雨
顧守故鄉田園
意志堅定

火車到站無拖沙
落車
會了袂盡的
毋甘　懷念
留予阮

・記老丈姆行完 92 冬人生旅程

2019. 12《海翁台語文學》

2008. 9. 9 寫 / 2019. 6. 2 修

註：

1. 送上山頭 (sàng-tsiōnn-suann-thâu)：送葬送到墳地。
2. 無拖沙 (bô-thua-sua)：不拖延。
3. 毋甘 (m̄-kam)：不捨。
4. 丈姆，音 tiōnn-ḿ。

阮牽手

想袂曉　足怪奇
後頭爸母大姊小弟齊挑俍
是按怎獨獨伊
生做遮爾細粒子
烏甜烏甜

頇顢煮食勢辦代誌
親情朋友來央託
無第二句
平平凡凡女性
人頭熟
為著咱台灣的民主自由
真心替人扛轎
一屆閣一屆
搶救母語攏嘛從頭前
無求利無求名
有力盡拚

自己幸福家己追求
心愛目標已經鎖定
愛情發穎
有錢表兄笑伊痴笑伊戇
「連穿布鞋仔--的也欲」
猶原堅心只愛我一个

想起半世紀前我佮伊的初戀
純情的愛　久久長長
甘甘甜甜

2023. 1. 12 府城夜靜

註：

1. 齊挑俍 (tsiâu thiau-lāng)：全都身材修長。
2. 獨獨 (to̍k-to̍k)：唯獨。
3. 細粒子 (sè-lia̍p-tsí)：指人體型嬌小。
4. 烏甜 (oo-tinn)：指女孩子皮膚黑而長相甜美。
5. 煮食 (tsú-tsia̍h)：烹飪。
6. 央託 (iang-thok)：請託。
7. 人頭熟 (lâng-thâu-si̍k)：交際廣，人緣好。
8. 扛轎 (kng-kiō)：本義是抬轎，常用來比喻幫人助選。
9. 發穎 (puh-ínn)：萌芽。
10. 布鞋仔 (pòo-ê-á)：戰後初期，臺灣民生凋敝，布鞋較便宜，但是窮人還是買不起。如今頂級布鞋卻比普通皮鞋還要貴，真是不可同日而語。

煎魚仔

為欲佮散赤拒絕往來
用睏眠佮熱天交易
房間參灶跤對換
眠床改做燒鼎
冷氣空留佇遐牽蜘蛛絲
兩支電風拚命吹　吹規暝
兩尾人魚　一男佮一女
反過來反過去
毋免用煎匙

捀粒積盤仔
承一點一滴
一點一滴摻油汗水
煎一盤
有悲有喜有情有義
佇每一个熱--人的暗暝
做伙試分期分攤的滋味

・ 記結婚 40 冬佇大熱無裝冷氣的暗暝

2016. 2《海翁台語文學》
2005. 9. 1 寫 / 2015. 12. 5 修

註：

1. 反來反去 (píng-lâi-píng-khì)：翻來覆去；輾轉反側。
2. 捀 (phâng)：用手端著。
3. 承 (sîn)：接。
4. 摻 (tsham)：混入；加。

第三輯

黃昏

乘願而來

2021 三月 31
我一世人上蓋悲傷哀痛的日子
你佇透早丑時來離開
夫妻恩愛較臨半世紀
感謝你勤儉持家
晟養兩男一女長大成人

1971 十二月初 5
咱結婚歡歡喜喜的日子
婚後你綴翁婿行少人行的路
積極投入台灣民主運動
政治舞煞母語接紲
蹽落去受難池欲共台語救予活

『許媽媽』是你插政治的名
2004 二月 28
使咱永遠懷念的日子
一个平平凡凡查某人
暝日走從南部 3 縣市

招募 9 台遊覽車上北
場苗栗銅鑼彼一段
二二八全國牽手護台灣無空無隙

阿汾姊仔是你舞台語的名
南北二路島內島外認真拍拚
毋驚掖種工課艱難歹行
一心一意感念母親台灣共咱晟
各縣市開台語師資培訓班
2005 受僑委會委託
承辦海外台語教師研習營

如今
台灣民主日日進步
母語復興跤步徛在行向大路
你乘願而來
隨緣而去
功德圓滿--囉

· 悼亡妻哭斷腸

2021. 6《海翁台語文學》

2021. 4. 15 府城台南 / 2022. 4. 22 修

註：

1. 較臨 (khah-lím) ～：快要；差一點就。
2. 晟養 (tshiânn-ióng)：養育。
3. 蹽 (liâu)：不顧一切的投入某件事情中。
4. 插 (tshap)：參與。
5. 塌 (thap)：填補。
6. 無空無隙 (bô khang bô khiah)：沒有任何漏洞。
7. 自 2000 年以來，在全國各縣市與教育局合作，舉辦「台語師資培訓班」。
8. 2005 年黃金汾老師擔任台灣世界台灣語通用協會理事長，受行政院僑委會委託，承辦「94 年海外台語教師研習班」。
9. 徛在 (khiā tsāi)：站穩。

悲情黃昏

日頭欲落海
紅霞滿天
日落黃昏時
溫柔的風
輕輕仔唚你柔軟頭鬃
飄來一陣一陣清芳
輕聲細説情意綿綿
你我青春少年時
半世紀前初戀的滋味
你敢猶會記--得
你我不時手牽手散步運河邊
永永遠遠刻佇多情的風--裡

自你中風了後
黃昏變色
我毋敢閣再去運河邊
照水中孤單的家己

自你中風了後
我甘願受禁病院厝--裡
陪你共度七冬外暗淡日子
因為你是我一生唯一的愛人

自你中風了後
以早的紅膏赤蠘
行過兩千七百外个黃昏
綴你消瘦落肉
無疑悟三冬半前
我用生癌遮爾沉重的疼
害你驚惶哭袂煞
加添你無限憂愁
佳哉早發現留我活命
會當陪伴你閣再繼續度苦

自你中風了後
昔日門生傳 LINE
親情吾族一喙傳一耳
相招來去病院厝--裡探望
祝你早日好離離

初病一兩冬
相爭行跤到
人情溫暖厚厚厚
倒床的人目箍紅強欲吼

倒床三五年
漸漸予人放袂記
寂寞鬱卒無了時
等何時　等何時閣再雙人散步運河邊

一跤一手大睏七冬外
門口埕發草
三聲無奈怨自己
病久無人問
干焦老人顧老人
勇敢面對悲情黃昏

2021. 7《海翁台語文學》

2020. 7. 14 寫 / 2021. 3. 25 定稿

註：

1. 日頭落海 (jit-thâu lo̍h-hái)：太陽下海。住在海邊的人，所看到的落日景象（不是「落山」）。
2. 紅霞 (âng-hê)：晚霞。
3. 紅膏赤蠘 (âng-ko-tshiah-tshi̍h)：說人臉色紅潤，身體健康。
4. 消瘦落肉 (siau-sán-lo̍h-bah)：消瘦；憔悴。
5. LINE：英語，即時通訊平台 / 軟體。
6. 親情吾族 (tshin-tsiânn-ngôo-tso̍k)：親朋好友。有人說成「親情五十」。
7. 相爭行跤到 (sio-tsenn kiânn-kha-kàu)：門戶為穿。
8. 一跤一手 (tsi̍t-kha-tsi̍t-tshiú)：半身不遂。
9. 門口埕發草 (mn̂g-kháu-tiânn huat-tsháu)：門可羅雀。
10. 干焦 (kan-na)：只能。

告　別

只要會當為所愛的人
翁婿後生查某囝
新婦佮咧欲出世的孫仔
閣再加活一日
這是你心願

醫生緊急宣判
你離死亡的界線
愈來愈迫近
極加賰三月日
你堅持欲做化療
無論上刀山抑落油鼎
你攏願意承受

無情血角攻占你的半粒頭殼
你我受禁兩千七百外个苦難暝日
盡心盡力共你打揲
西醫漢醫兼備
滿心期待

你有徛--起來的一日
無奈最後一道催命符腰尺癌
強共咱拆分離
這世人翁某袂當閣相見

蹛大病院搶救月外日
不忍心　看你
受盡折磨
百般為難萬般毋甘
勇敢決定含淚放手
放你飛上天

2021 咱人二月 19
難得觀世音菩薩生日
你選透早丑時來離開
予大慈大悲菩薩渡--去
告別式無限哀悲
金金看你喙笑目笑影像
一時心頭酸
目屎四淋垂哭甲袂啜氣

永別--矣

我心所愛的牽手

2023. 2《海翁台語文學》

2021. 4. 14 告別式了隔轉日 / 2023. 1. 12 修

註：

1. 告別 (kò-pia̍t)：和死者最後訣別，表示哀悼。
2. 咧欲 (teh/tih-beh)：即將。
3. 極加 (kik-ke)：頂多。
4. 打揲 (tánn-tia̍p)：醫治。
5. 腰尺癌 (io-tshioh gâm)：胰臟癌。
6. 咱人 (lán-lâng)：指傳統曆法，即農曆。
7. 四淋垂 (sì-lâm-suî)：涕泗縱橫（形容眼淚鼻涕直流）。
8. 哭甲袂啜氣 (khàu kah bē-tsheh-khuì)：泣不成聲（哭到哭不出聲）。

百　日

有啥款處境比這較悲慘
有啥人比我較可憐
命運哪會對阮遮酷刑
趁阮猶咧帶重孝
奪走我一生上親兩个賢慧女性
疼--我愛--我的
老母佮牽手
永永遠遠來離開

你佇老母百日後第十日
隨緣而去
今仔日換為你做百日
思念的心日連暝
想--你，揣無你
叫--你，聽無你咧應的聲
足驚看你的相片
你的笑容遐爾甜遐爾仔熟似
隨時會引起我
目屎四淋垂哭甲袂喘氣

有人勸我愛堅強
緊行出悲傷
『歐文・亞隆』也怨嘆
六十五冬久恩愛
終其尾摸袂牢愛妻飛上天
「看著瑪莉蓮相片
過去的幸福又閣點著我的悲痛
死亡共一切吞食
死亡共人生吞食
死亡共記憶吞食」
伊是美國現代精神醫學大師
不時勸人坦然面對死亡
親身行--過才知偲割斷

牽--的，我的愛妻
為啥物我對你懷念特別深
對你的思念會了袂盡

2023. 3《海翁台語文學》

2021. 7. 8 亡妻百日 / 2022. 9. 16 大修

註：

1. 百日 (pah-jit)：百日祭，人死後一百天的祭祀。
2. 處境 (tshú-kíng)：所處的境地（多指不利的情況下）。
3. 酷刑 (khok-hîng)：殘暴兇狠。
4. 帶重孝 (tuà-tāng-hà)：居父母喪。
5. 賢慧 (hiân-huē)：指婦女心地善良，通情達理，對人和藹。
6. 四淋垂 (sì-lâm-suî)：涕泗縱橫（形容眼淚鼻涕直流）。
7. 哭甲袂啜氣 (khàu kah bē-tsheh-khuì)：泣不成聲（哭到哭不出聲）。
8. 歐文・亞隆（華譯）：Irvin D.Yalom（1931-）美國存在心理治療大師，以治療死亡焦慮著稱。與 Marilyn（1932-2019）結縭 65 年，成為終身伴侶，夫妻倆皆著作等身。
9. 看著瑪莉蓮……共記憶吞食：摘自歐文・亞隆與罹癌妻瑪莉蓮，在她過世前幾個月，共同執筆《死亡與生命手記》（A Matter of Death and Life）中，幾行令人感傷的語句。
10. 點著 (tiám-tòh)：點燃。
11. 坦然 (thán-jiân)：形容心裡平靜，無顧慮。
12. 偲割斷 (oh-kuah-tn̄g)：不容易割捨。

對　年

親像一場夢
隨緣而去的風吹啊
你飛對佗位去

百般無奈
萬般毋甘
一冬前的「今仔日」
含著悲痛痴情目屎
想欲共你摸牢牢
又閣足驚風吹的線拍結毬
會佇半空中玲瑯踅
會害你揣無適合安歇的方向
姑不將忍痛放你自由飛

三百六十五个目屎準飯吞日子
四界揣　揣無你
干焦會當佇腦海--裡重播你的形影
一擺閣一擺　一擺閣一擺
你的笑容遐爾甜遐爾仔熟似

大聲叫你的名
等無你咧應的聲
看著掛佇壁--裡咱結婚時彩色相片
想起你我昔日幸福
喉管滇
又閣點著我的悲痛
加添我對你會了袂盡的思念
加添我無限悲傷

備辦鮮花四果菜碗佮紙錢
猶有查某囝摺幾若暝的蓮花元寶
一家大細
同齊來七股納骨堂
為你做對年
你敢有歡喜？
你敢會傷悲？

期待另日
夫妻佇天頂歡喜相見

2023. 4《海翁台語文學》

2022. 3. 21（咱人二月 19 滿一冬）/ 2022. 11. 3 大修

註：

1. 對年 (tuì-nî)：周年忌。「做對年」，對死者第一個忌日的祭拜。
2. 萬般 (bān-puann)：極其，非常。
3. 拍結毬 (phah-kat-kiû)：繩子或線糾纏成團。
4. 玲瑯踅 (lin-long-se̍h)：不停地旋轉。
5. 安歇 (an-hioh)：安息。
6. 喉管滇 (âu-kńg-tīnn)：悲傷哽咽。
7. 點著 (tiám-to̍h)：點燃。
8. 菜碗 (tshài-uánn)：裝在碗中用來祭拜的素菜。
9. 七股 (Tshit-kóo)：地名，在臺南市。

缺角的金婚

滿心期待
足足五十冬
一生難忘彼一日趕緊來
璇石婚難求
上無嘛會當歡歡喜喜
慶祝咱的金婚

自你中風了後
走揣名醫共你醫治
西藥漢方攏試
猶原無法度助你起床
陪伴你度過七冬外暗淡日子
猶是趕袂赴

你佇 2021 三--月上尾日
永永遠遠來離開
你我堅心守護四十九冬外的幸福
雄雄煞來化--去
此去無你的日子
叫我怎樣活--落去

嘆一聲長長哀怨
缺角金婚無情
共我揀落萬丈深坑
失去你的疼迵心肝
化做暝日思念斷腸詩

2023. 5《海翁台語文學》

2021. 12. 5 趕袂赴的金婚 / 2023. 1. 10 修

註：

1. 缺角 (khih-kak)：缺口、破損處。
2. 金婚 (kim-hun)：結婚滿 50 年紀念，西俗稱為金婚。
3. 璇石婚 (suān-tsio̍h-hun)：結婚滿 60 年與滿 75 年紀念，西俗稱為鑽石婚。
4. 上無 (siōng-bô)：至少。
5. 漢方 (hàn-hng)：中藥。中醫藥方中用的藥，叫方藥。「藥方」(io̍h-hng) 也就是藥單。
6. 煞來 (suah-lâi) ～：竟然。
7. 化--去(hua--khì)：熄滅了。
8. 怎樣 (tsuánn-iōnn)：如何。
9. 疼（甲）迵心肝 (thiànn（kah）thàng-sim-kuann)：錐心之痛。

神奇密碼

濆佮汾這兩字罕得 khuàinn
號名的字典--裡足歹揣
是按怎後頭爸母按呢揀
啥款因緣促成這段婚姻
愛情密碼早就設定

濆佮汾攏讀 phùn
台語唸仝聲華語發仝音
難得
兩个仝名閣仝姓
芸芸眾生偲得揣
莫怪
兩个的護照羅馬拼音一字都無精差
遮拄好
大家新婦仝相狗
又閣攏是獅仔座

夫妻恩愛 49 冬外
往生病房編號 49
靈堂編號 49
用無完捐--出去
大尿苴仔 49 包

在來母仔囝足愛滾耍笑
逐擺
查某囝若笑你三八
你隨應
「我毋是三八阿花仔
我是四九阿草--啦」

四十九啊，四十九
四十九啊，四～十～九～

2023. 6《海翁台語文學》

2022. 4. 13 佮 2021 亡妻告別式仝一日 / 2022. 11. 22 定稿

註：

1. khuàinn：「看見」(khuànn-kìnn) 常合音為 khuàinn。
2. 後頭 (āu-thâu)：娘家。
3. 芸芸眾生 (ûn-ûn tsiòng-sing)：眾多有生命的動植物。此處專指人。芸芸，眾多的樣子。
4. 偲得揣 (oh-tit tshuē)：難找。
5. 相狗 (siònn káu)：生肖屬狗。
6. 尿苴仔 (jiō-tsū-á)：尿布。
7. 在來 (tsāi-lâi)：一向、向來。
8. 滾耍笑 (kún-sńg-tshiò)：開玩笑、鬧著玩。
9. 四九 (Sù-kiú)：人名。臺灣舊時歌仔戲三大票房「陳三磨鏡、英台哭兄、孟姜女哭倒萬里長城」，《梁山伯與祝英台》戲中，那位小書僮之逗趣名字。

枯焦的樹仔

鮮花人人愛
欲食海產著趁鮮
花若蔫無人欲挃
海產若漚無人欲鼻

歹銅舊錫歹鐵仔
舊衫舊褲厚紙坯塑膠矸仔
攏總毋挃擲予回收車

敢誠實有人遐爾好心
專門收集咧欲枯焦的樹仔
抾抾做堆
有的瘦枝落葉倒佇眠床頂
有的鼻仔插一條軟管
有的猶閣會行會徙
暝日參輪椅做伴
拄著仔有人來看
蹛一下久煞來袂記得家己的名

枯木朽株
啥人問啥人來同情
干焦　戇戇仔等
等待最後彼一日的來到

・去私人養老院探望98歲老母親目所看
（厝內有中風某愛照顧不得已共老母送去遐）

2023. 7《海翁台語文學》

2019. 7. 25 寫 / 2023. 2. 24 修

註：

1. 枯焦 (koo-ta)：枯萎。
2. 蔫 (lian)：植物枯萎。
3. 挃 (tinnh)：要。
4. 漚 (àu)：腐敗。
5. 歹銅舊錫 (pháinn-tâng-kū-siah)：破舊沒用的東西。
6. 歹鐵仔 (pháinn-thih-á)：舊的或壞的金屬製品。
7. 厚紙坯 (kāu-tsuá-phue)：厚紙板。
8. 煞來 (suah-lâi) ～：竟然。
9. 枯木朽株 (koo-bo̍k-hiú-tsu)：枯朽的樹木，比喻老弱病殘的人。
10. 戇戇仔 (gōng-gōng-á)：傻傻地。

風中燭

十二月冷風陣陣吹
風中的蠟燭爍爍爍
受盡風霜的老樹
已經無力佮伊對敵
顛倒予風搧甲搖搖擲擲

母啊--喂
你的性命親像掛佇一條線
風中的蠟條隨時會化--去
囝兒心肝親像針咧撠
毋敢想
油盡燈枯斷腸時

鮮花园久會蔫
機械用久會萎--去
老樹敗頭
時間若到
我會含淚放手忍痛放你走

『氣切插管』欲死毋斷命

恐驚會加添你折磨

顛倒會害你行袂開跤

花開花謝

風中的蠟燭啊

咱愛學會曉放下

2023. 8《海翁台語文學》

2020. 12. 11 老母往生前一暝 / 2022. 11. 18 修

註：

1. 風中燭 (hong-tiong-tsik)：風中之燭，比喻隨時可能死亡的人。
2. 燁燁爍 (ia̍p-ia̍p-sih)：忽明忽暗。
3. 對敵 (tuì-ti̍k)：對抗。
4. 擨 (hián)：搖晃。
5. 化--去(hua--khì)：熄滅了。
6. 針咧搣 (tsiam teh ui)：針刺的感覺。
7. 蔫 (lian)：植物枯萎。
8. 萎 (ui)：磨損。

病房過客

緊急的跤步聲窸倏窸倏
佇耳空邊綴床仔咧行

目睭皮千斤重
想欲褫，褫袂開
鼻仔插一條管足礙虐
想欲伸手去拔，手毋聽
想欲翻身，跤已經痲--去
頭殼空空血角揣縫侵占
已經攻占半壁江山
想欲講話，講袂出聲
連欲喘氣嘛貧惰

目睭瞌瞌放予睏--去
耳仔關--起來放予睏--去
喙合--咧放予睏--去
跤伸直放予睏--去
頭殼也強欲睏--去
干焦心臟毋敢歇睏

床仔生跤行入白色的房
暫且佇遮安身歇睏

昏昏沉沉一暝日
翁婿輕聲叫伊的名
查某囝溫柔叫母啊
目睭慢慢仔褫--開
灌食代替三頓的名
注射為著欲救命
偏偏伊的血筋足細條
尿苴仔不時愛換
藥仔不止仔濟種愛食
『抗凝血劑』欲共血角拍散
『康肯』欲治高血壓兼抵抗心臟衰竭
『脈優錠』欲治高血壓兼預防狹心症
『倍鬆錠』欲予筋肉放冗
欲知後果遮爾嚴重
毋敢頭毛試火救命仙丹無食

四面壁白死殺圍牢--咧
布簾仔是軟壁
更深夜靜
病友哼哼呻的聲
看護咧鼾的聲交摻
擾亂伊的心思
伊有聽著血角共心臟唱聲
拍死無退

仙丹妙藥反攻成個月
血角一步一步敗退
輪椅揀出受禁二十八日的
白色監牢

2017. 12《海翁台語文學》
2016. 6. 14 寫 / 2023. 3. 16 大修

註：

1. 窸倏 (sī-suā)：迅速；趕緊。
2. 褫 (thí)：張開。
3. 礙虐 (ngāi-gio̍h)：彆扭；讓人覺得不舒服。
4. 衰竭 (sue-kia̍t)：由於疾病嚴重而生理機能極度減弱。
5. 筋肉放冗 (kin-bah pàng līng)：肌肉鬆弛。
6. 哼哼呻 (hainn-hainn-tshan)：不停地呻吟。
7. 鼾 (huânn)：打鼾；打呼。
8. 唱聲 (tshiàng-siann)：出言挑釁。

38500 箍

日頭赤焱焱
翕熱　刺疫
一个老歲仔騎機車
狂欲去為中風某提早排隊占位
青燈起步照規矩行
雄雄傱出一台痟機車
連搶兩个紅燈
傕盡磅　對腹肚邊拚命揰
人佮車摔倒佇塗跤

食毒少年無擔輸贏
激皮皮　放外外
警察勸老人告伊到官廳

檢察官問講愛賠偌濟錢
老歲仔應講 3 萬 8 千 5 百箍
干焦修理前插就開兩萬九
再問：愛偌濟？？
回講：3 萬 8 千 5 百

三問：偌濟？？？
回講：3 萬 8 千 5
檢察官向被告大聲喝
『佛心來著』緊轉去想辦法

2020. 8. 5《台江台語文學》
2020. 5. 20 寫 / 2020. 5. 30 修

註：

1. 翕熱 (hip-jua̍h)：悶熱。
2. 刺疫 (tshiah-ia̍h)：天氣悶熱，身上受汗水刺激的不適感。
3. 催盡磅 (tshui-tsīn-pōng)：加足油門。
4. 無擔輸贏 (bô-tam-su-iânn)：不能面對困難，負起責任。
5. 激皮皮 (kik-phî-phî)：擺出一付毫不在意，別人莫奈我何的樣子。
6. 放外外 (pàng-guā-guā)：漠不關心；置身事外。也說成「激外外」。
7. 前插 (tsîng-tshah)：機車龍頭。

人生七十

講啥物人生七十才開始
七十算幼嬰
八十當咧大
九十青春正當時
只要你願意
人人會當食百二

現代醫學進步
六十算初老
七十才開始
身體偷偷仔行落崎

氣血枯衰
腰痠背疼代先到
骨頭會含梢
目睭花記持穤
高血壓糖尿病
泌尿系統無通敨
有時胃腸嘛會出問題
上驚毒癌來討命
濟濟老人症頭

人生在世
辛苦病疼難免
退化老化歹走閃
歲壽長短免計較
保持健康歡喜過日
火車到站就落車
酒店關門我就行

2022. 3. 16 寫 / 2023. 2. 15 修

註：

1. 行落崎 (kiânn-lo̍h-kiā)：走下坡。
2. 氣血枯衰 (khì-hiat koo-sue)：精力血液都不足，身體衰弱。
3. 骨頭含梢 (kut-thâu hâm-sau)：骨質疏鬆。
4. 泌尿，音 pì-jiō。
5. 無通敨 (bô thong-tháu)：不暢通。
6. 討命 (thó-miā)：索命。
7. 辛苦病疼 (sin-khóo-pēnn-thiànn)：生老病死。
8. 行 (kiânn)：走。（一語雙關）

第四輯

囡仔時

散　凶

�勤儉招粒積相𫾔

参散凶戰爭

三代人接紲

毋捌一擺戰贏

十歲囡仔

目睭瞌瞌毋敢哭

愛性命罔呑

規坩番薯簽脯

烏烏臭臭

欶螺仔　欶甲喙腫

一碗鹹湯　弄甲變海湧

一枝蒜仔　舐甲變鼎筅

・想起阮細漢的時

2012. 10《海翁台語文學》

2004. 10. 13 寫 / 2022. 12. 9 修

註：

1. 散凶 (sàn-hiong)：窮困。
2. 粒積 (lia̍p-tsik)：一點一點地積攢。
3. 相楗 (sio-kīng)：相互支撐；相扶持。
4. 瞌瞌 (kheh-kheh)：閉著眼睛。
5. 罔吞 (bóng-thun)：將就吞食。
6. 規坩 (kui-khann)：整鍋。
7. 番薯簽脯 (han-tsû-tshiam-póo)：曬乾的刨絲甘薯。
8. 烏烏臭臭：指沒削皮的刨絲甘薯乾中，攙和一些有黑斑病，俗稱「臭香 (hionn)」，變黑、會苦的「番薯簽」。
9. 欶 (soh)：吸。
10. 舐 (tsn̄g)：舔。
11. 鼎筅 (tiánn-tshíng)：刷洗鍋子用的刷子。也說成「鼎摖 (tshè)」或「鼎鑢仔 (lù-á)」。

人比人

別人

　田園幾若甲

　白米飯食免驚

　鰇魚鹿肉菜佮

　欲穿媠衫免驚無

　泡茶行棋講古

阮兜

　干焦三分地田塗

　番薯溝寄芋

　規坩番薯簽脯罔度

　衫仔褲穿補

　三頓配菜脯

・做囡仔的時貧苦

2004. 10. 13 寫 / 2022. 11. 14 大修

註：

1. 鰇魚鹿肉 (jiû-hî lo̍k bah)：比喻舊時有錢人家餐桌上的水陸出產的菜餚。
2. 菜佮 (tshài kah)：搭配蔬菜。
3. 規坩 (kui-khann)：整鍋。
4. 番薯簽脯 (han-tsû-tshiam-póo)：曬乾的刨絲甘薯。
5. 罔度 (bóng-tōo)：將就度日。

睏椅條

海口厝低低仔
熱天到
低厝仔內面若火爐
翕熱　刺疫
厝--裡散無電風
檳榔箬扇捷捷擛

黃昏時
夯椅條囥埕斗
低椅仔夯來坐
飯坩物配排踮椅條頂
一家大細做伙食暗頓

食飯後小歇睏
一條一條椅條做眠床
大人囡仔椅條頂倒咧睏
有時一睏到天光

椅條狹狹長長
小可仔翻身會跋落塗跤
自細漢練成這種好工夫
如今我佇厝內睏眠床
準講睏佇床墘
免驚會輾落眠床跤

2023. 1. 15 府城台南

註：

1. 椅條 (í-liâu)：長板凳。
2. 海口 (hái-kháu)：靠海的地區。
3. 翕熱 (hip-juáh)：悶熱。
4. 刺疫 (tshiah-iáh)：天氣悶熱，身上受汗水刺激的不適感。
5. 檳榔箬扇 (pin-nn̂g-háh-sìnn)：用包覆檳榔樹的硬葉，曬乾後剪成簡易扇子。
6. 捷捷擛 (tsiáp-tsiáp iát)：一次又一次的搖動（搧風）。
7. 埕斗 (tiânn-táu)：院子，門口的平坦空間。
8. 飯坩 (pn̄g-khann)：飯鍋。
9. 物配 (mih-phuè)：下飯的菜。
10. 條 (liâu)：量詞，用於計算細長物。
11. 輾落 (lìn-lóh) ～：滾下去。

第一雙布鞋仔

更深深　夜靜靜
一枝釣竿仔欲釣夢
記持深來食餌

囡仔時
阮的國小佇庄跤
全校一千外个學生仔
毋管寒抑熱
攏嘛褪赤跤

欲出業的時
阿母足歡喜
共平常時儉腸凹肚
做苦工趁的一寡仔錢
特別為我買一雙
新點點的布鞋仔
佇畢業典禮彼一日
上台領獎
領全校唯一的縣長獎

轉來厝

共伊洗清氣曝予焦

惜命命

收起來园

共阿母的愛

收起來园佇心肝底

2023. 1. 14 府城更深 / 2023. 10. 22 修

註：

1. 布鞋仔 (pòo-ê-á)：戰後初期，臺灣民生凋敝，普通布鞋比皮鞋便宜，但是窮人還是買不起。
2. 食餌 (tsia̍h-jī)：上鉤。
3. 褪赤跤 (thǹg-tshiah-kha)：打赤腳。
4. 儉腸凹肚 (khiām-tn̂g-neh-tōo)：省吃儉用。
5. 新點點 (sin-tiám-tiám)：嶄新。
6. 曝予焦 (pha̍k hōo ta)：曬乾。
7. 惜命命 (sioh-miā-miā)：非常珍惜。

跋落屎礐仔

囡仔時老爸真早就無--去
阿娘共我𤆬轉去後頭厝飼
外媽個兜埕尾三欉林菝欉
林菝仔樹頂好做夢
我共濟濟幼幼的笑聲
藏佇紅心土菝仔欉葉縫

跖上林菝仔欉
掠金龜　挽林菝
一枝樹椏伸去屎礐仔頂懸
幾粒林菝仔半青黃
㖸人流喙瀾
坦攲身　手伸長　想欲挽
雄雄啪一聲
規箍人倒頭栽

枝椏脆脆
屎礐仔蓋茬茬
大聲哀大聲吼

阿舅阿姨聽聲救命
趕緊牽我去圳溝
洗掉規身軀的漚臭

2023. 1. 14 府城夜靜

註：

1. 屎礐仔 (sái-hak-á)：糞坑；舊式廁所。
2. 後頭 (āu-thâu)：娘家。
3. 林菝 (niá-puat)：番石榴。
4. 幼 (iù)：聲音細嫩。
5. 樹椏 (tshiū-ue)：大的樹枝。
6. 涎 (siânn)：引誘。
7. 坦攲身 (thán-khi-sin)：側身。
8. 啪，音 piak。
9. 荏 (lám)：不堅固。
10. 哀 (ai)：放聲哭號。
11. 吼 (háu)：哭。
12. 漚臭 (àu-tshàu)：惡臭。

炕番薯

囡仔時蹛庄跤
歇睏日
兄弟仔相招去園邊炕窯仔
我佮小弟順田岸仔認真揣
抾焦塗砝
阿兄負責起窯仔

窯仔起好燃柴箍
予火熁甲面仔紅紅
燃火的人敢若啉酒人

窯塗燃甲紅紅紅
番薯一條一條落窯空
無雞無卵通落炕
若有塗豆番麥愛偷笑
燒燙燙窯塗摃予實
搶時間
鋤頭畚箕雙跤雙手同齊來
緊共塗沙抔來掩予密密密

番薯炕熟
毋驚燙著喙
兄弟仔食甲笑咍咍

2023. 1. 15 府城台南

註：

1. 炕窯仔 (khòng-iô-á)：一種窯燒蕃薯的方法。
   · 以小土塊堆成一個小土窯，裡面用柴火燒，把土塊燒紅，由上方開口放進蕃薯或包妥的雞、玉米、蛋等，然後將土窯打實，上面再覆蓋一層沙土，用高溫餘熱將食物燜熟。
2. 順 (sūn)：沿著。
3. 焦塗砵 (ta thôo-phuėh)：乾土塊。
4. 柴箍 (tshâ-khoo)：橫切成一截一截的樹木。
5. 熁 (hah)：受陽光或火的熱氣的襲擊。
6. 敢若 (kánn-ná)：好像。
7. 落 (lo̍h)：放入。
8. 實 (tsa̍t)：密實。
9. 抔 (put)：把零散的東西聚成堆。
10. 密 (ba̍t)：緊密。
11. 咍 (hai)：歡笑的樣子。

第五輯

鹽鄉

曝　鹽

日頭赤焱焱
照一格一格鹽埕
雙跤踏水車
一下懸一下低一直拚
欲引海水入淺坪

鹽耙仔拖了閣再拖
鹽堆親像一支山
鹽擔鐵肩拚命擔
一擔過一擔

日曝鹽會閃爍
日曝人汗水滴
滴啊滴　滴啊滴
滴袂離
鹽粒內底有汗味

敢有通買番薯
敢會當配鹹魚
敢有法度糴一寡仔米
啊，猶原愛看天

1998. 11. 26《台灣日報》
2018. 8《海翁台語文學》
1998. 9. 20 寫 / 2022. 2. 15 修

註：

1. 曝鹽 (pha̍k-iâm)：一種古老行業，利用陽光將海水曬成鹽，如今已經沒落。
2. 赤焱焱 (tshiah-iānn-iānn)：陽光熾熱。
3. 水車 (tsuí-tshia)：龍骨車。昔日農家灌溉田地、用雙腳交互踩動的木製引水裝置，鹽民也使用「水車」取水。
4. 淺坪 (tshián-phiânn)：淺灘地。
5. 閃爍 (siám-sih)：亮光閃動不定的樣子。
6. 糴米 (tia̍h bí)：買米。糴，買進米糧。

鹽　埕

大海闊莽莽
不時起波浪
欲去烏影
毋去吊鼎
討海人三分命　阮會驚
小船仔落海討掠
挨風戰湧
愛佮大海捙拚　阮毋敢

海風鹹鹹澀澀
規年迵天透無停
共鹽種落去塗--裡
阮想欲做骨力作穡人
這个夢也來拍破

阮阿祖
阮阿公　阮老爸
共日頭借光
共海借水

共鹹塗借地
大粒汗細粒汗
滴落一坵小小的鹽埕

2006. 7. 23 寫 / 2022. 1. 20 大修

註：

1. 吊鼎 (tiàu-tiánn)：斷糧。
2. 討掠 (thó-lia̍h)：出海捕魚。
3. 拄風戰湧 (tu-hong-tsiàn-íng)：乘風破浪。

海水也溫馴

失去大海曠闊
已經無法度滾絞
順無蓋大水路
流過細細條鹽埕溝仔
沿路行沿路看
巡一坵一坵鹽埕

水車好心共伊引悉
引伊入淺坪
招伊鬥陣　寫
三百外冬有鹽的歷史
招白翎鷥伴舞
請海風伴奏
合唱島嶼之歌

2006. 7. 28 寫 / 2022. 11. 20 大修

註：

1. 溫馴 (un-sûn)：溫和謙遜。
2. 滾絞 (kún-ká)：翻騰。
3. 水車 (tsuí-tshia)：昔日農家灌溉田地、用雙腳交互踩動的木製引水裝置，鹽民也使用「水車」取水。

鹽埕大日頭

伊敢是欲考驗阮的意志
日頭不時赤焱焱
惡毒曝鹽埕
日曝鹽會閃爍
日曝人汗水滴

是按怎
佇阮耕作小小一坵鹹園仔
日頭特別大
伊送予阮的光
干焦熱　熱　熱

鹽埕做鼎
共清涼抽離離
存心咧煎魚
伊敢是　伊敢是
欲迫阮認命
迫阮做一世人戇牛

2006. 7. 26 寫 / 2022. 12. 7 大修

註：

1. 赤焱焱 (tshiah-iānn-iānn)：陽光熾熱。
2. 閃爍 (siám-sih)：亮光閃動不定的樣子。
3. 抽離離 (thiu-lī-lī)：完全抽離。
4. 存心 (tshûn-sim)：故意。
5. 戇牛 (gōng-gû)：像牛一樣努力工作，不在乎報酬。

鹽　場

揹血汗佮名聲交換
盡心盡力
為家為鄉為國拍拚
七股北門台南布袋高雄鹿港
政府認證 6 大
佇島國徛誠久的名

豉魚仔　豉鹹菜
豉蚵膎　豉珠螺膎
鹽　鹽　鹽
本是阮的血汗
有時著愛偷擔

敢有帶來地方繁榮
阮的生活敢有改善提升
鹽場啊，鹽場
你閣較大閣較有名
阮的心猶原透濫
鹹佮酸

2006. 7. 27 寫 / 2023. 2. 16 修

註：

1. 豉魚仔 (sīnn hî-á)：用鹽醃魚。
2. 豉蚵膎 (sīnn ô-kê)：鹽漬生蠔（牡蠣）。
3. 透濫 (thàu-lām)：混合。

鹽　山

阮的故鄉近海墘
鹽埕平坦坦
哪有山
鹽耙仔收起來囥
水車無人問
鹽埕放予拋荒
拜高科技賞賜
阮祖傳曝鹽的工夫
所有阮曝鹽的工具
攏 hőng 趕入去歷史

豪華遊覽車
一台一台一隻一隻
觀光客挨挨陣陣
相爭來七股
看外來變種的鹽山

2022.11《海翁台語文學》
2006.7.29 寫 / 2021.9.15 修

註：

1. 平坦坦，音 pênn-thánn-thánn。
2. 水車 (tsuí-tshia)：昔日農家灌溉田地、用雙腳交互踩動的木製引水裝置，鹽民也使用「水車」取水。
3. 抛荒 (pha-hng)：農地（或鹽田）任其荒廢。
4. hőng：被人～。「予人」(hōo lâng) 常合音為 hőng。
5. 挨挨陣陣 (e-e-tīn-tīn)：形容人潮擁擠絡繹不絕。
6. 七股 (Tshit-kóo)：地名，在臺南市。

鹽博物館

海風鹹鹹溼溼
無情若有情
規年迵天透無停
阮是鹽鄉的子民

阮阿祖
阮阿公　阮老爸
佇這塊土地
流--落來的大粒汗細粒汗
阮已經揣無痕跡

鹽工的形影
出力整地碖平
雙跤踏水車
鹽耙仔拖了閣再拖
鹽擔鐵肩拚命擔
勾鹽小火車
一台一台擢咧行
攏總停格袂振動

變浮雕

變化石

行入千千萬萬蕊目睭

走入會閃光魔術箱

曝鹽的人足好命

共日頭趕出去館外

2022. 12《海翁台語文學》

2006. 7. 31 寫 / 2022. 1. 9 修

註：

1. 碖平 (lún-pênn)：碾平。
2. 水車 (tsuí-tshia)：昔日農家灌溉田地、用雙腳交互踩動的木製引水裝置，鹽民也使用「水車」取水。
3. 勾鹽 (kau iâm)：小火車勾著載鹽的台車拉著走。
4. 擢咧行 (tioh leh kiânn)：輕輕的拉著走。
5. 袂振動 (bē tín-tāng)：靜止不動。

失落的鹽埕

祖傳鹽耙仔收起來园
水車破糊糊
無人問
鹽堆溶溶--去
勾鹽小火車
駛入鹽博物館的浮雕
海風吐大氣
白翎鷥揣無伴

曲痀老鹽工
黃昏的形影
哭賴
變種的七股鹽山

2015. 12《海翁台語文學》
2008. 7. 14 寫 / 2023. 3. 20 修

註：

1. 水車(tsuí-tshia)：昔日農家灌溉田地、用雙腳交互踩動的木製引水裝置，鹽民也使用「水車」取水。
2. 曲痀(khiau-ku)：駝背。
3. 哭賴(khàu-luā)：無奈哭訴；哭著把人纏住。

第六輯

人物

楊　逵

無平凡的才華
無平凡的遭遇

日本的〈新聞配達夫〉
台灣的〈春光關不住〉
大目降的才子
滿腹熱血
戇膽
無想猛虎會咬人
用變聲的國語
揼一盤救贖的字句
換食無錢仔飯
十二冬久

晢袂扁的玫瑰
搶島國上懸的稿費

2008. 7. 17 寫 / 2022. 2. 28 大修

註：

1. 新聞配達夫：楊逵（1906 - 1985）作品〈送報伕〉之原名，以日文創作，曾獲東京「文學評論」第 2 獎。
2. 春光關不住：楊逵作品〈壓不扁的玫瑰花〉之原名，以華文創作。
3. 大目降 (Tuā-ba̍k-kàng)：新化的舊名。地名，在臺南市。
4. 戇膽 (gōng-tánn)：只知勇往直前，不知道顧慮危險的膽量。
5. 變聲的國語：日治時期，日語是「國語」；國民政府時代，「國語」變成華語。
6. 楊逵於 1949 年發表〈和平宣言〉，觸怒統治當局，被判 12 年徒刑。

吳新榮

閃過 1947 銃聲
才知島國真真正正的疼

共聽筒搭踮鹽分地帶胸坎
勻勻仔試探
斟酌聽
致著文學貧血症
散赤人久年病
一定愛注射一定愛注射
注一筒
枝葉代代湠的營養射

早暗
佳里公園
吳新榮的喝聲

2010. 6. 20《鹽分地帶文學》
2019. 9《海翁台語文學》
2008. 7. 11 寫 / 2019. 7. 4 修

註：

1. 銃聲 (tshìng-siann)：槍聲。1947 年發生 228 事件，吳新榮（1907 - 1967）號召有志青年參加「三民主義青年團」，說服民眾出來維持治安。不料竟以莫須有的因由被捕，坐了 100 天的冤枉牢。
2. 致著 (tì-tio̍h) ～：罹患。
3. 代代湠 (tāi-tāi-thuànn)：一代接著一代生殖繁衍。
4. 吳新榮雕像：1997 年立於原臺南縣佳里鎮中山公園內。

吳晉淮

激一甕貼東洋標頭音符
加一匙青春
掖佇美麗島嶼
唱阿娘話語
可愛的花蕊
暗淡的月

戀戀戀
關仔嶺之戀
輕快旋律迷人歌聲
永遠陪伴
陪伴回鄉的我
陪伴我
滿身銅綠
柳營的緣投飄撇

2010. 6. 20《鹽分地帶文學》
2019. 11《海翁台語文學》
2008. 7. 13 寫 / 2019. 7. 4 修

註：

1. 激 (kik)：醞釀。
2. 一甕貼東洋標頭音符：吳晉淮（1916 - 1991）國小畢業後赴日本留學，迨中學畢業，進入日本歌謠學院主修歌謠理論、和聲學、對位學……奠定了他日後作曲及作詞的根基。1952 年才回到故鄉臺南柳營，從事作曲及歌唱演藝事業。
3. 加 (ka)：添加。
4. 可愛的花蕊：臺灣歌謠，吳晉淮曲，許丙丁詞。
5. 暗淡的月：臺灣歌謠，吳晉淮曲，葉俊麟詞。
6. 關仔嶺之戀：臺灣歌謠，吳晉淮曲，許正照詞。
7. 吳晉淮銅像：1996 年立於原臺南縣柳營鄉尖山埤水庫風景區。

奉送起程

奉天主的名
一世人為別人拍拚
德國的緣投飄撇
化身台灣佮中國教育使者
大學校園留落來足深跤跡
跤跡內底有印孫志文神父
Pater Sprenger 你的名

敢是故鄉咧呼喚
一聲閣一聲
虛弱肉體載八十冬風霜
借生癌遮爾沉重的疼
欲回歸當初落塗血跡
對北京飛轉來台灣輔大
欲共這段情緣做了結

阮足毋甘
只有暗暗含著目屎
奉送恩師起程

後記：

孫志文神父 Pater Arnold Sprenger（1929 - 2015），30 幾歲提著美國 Georgetown University,Washington D. C. 語言學博士、緣投飄撇的德國青年，1964 輔仁大學拄佇臺灣復校第三冬，就來島國為教育臺灣青年犧牲奉獻，德文系系主任一做十六、七冬。地基拍在、薪傳有人了後，後半世人閣去中國，為教育中國大學生吐盡心血。80 歲致癌才欲告老回鄉，佇欲轉去伊的母國進前一日，專程對北京飛轉來心心念念的第二故鄉臺灣，佇伊熱愛的輔大，佮阮德文系歷屆門生見面相辭。

・補記：

2015 孫神父『蒙主寵召』，葬佇嘉義。當年（2009）我一時失覺察，叫是伊欲告老回鄉，對恩師真正大不敬！事實證明，恩師熱愛臺灣這塊土地，至死不渝。

2020. 2《海翁台語文學》

2009. 7. 22 寫 / 2022. 4. 2 修

註：

1. 落塗 (lo̍h-thôo)：（初生嬰兒）呱呱墜地。
2. 血跡 (hueh-jiah)：出生地。
3. 心心念念 (sim-sim-liām-liām)：念念不忘。
4. 失覺察 (sit-kak-tshat)：失去察覺之心。謂一時疏忽。
5. 叫是 (kiò-sī) ～：以為；誤以為。
6. 至死不渝 (tsì-sú put-û)：一直到死都沒有改變。

王建民

一粒小小的球
用伊的速度
用伊的變化
展現伊的雄伊的強
伊的穩伊的準
霸氣寫佇面--裡
斯文恬靜隱藏智慧

一粒小小白球
投出島國美麗形圖
台灣啊，TAIWAN
國際舞台發光

若毋是野球人前輩掖種
若無久年的栽培
土法煉鋼
哪有今仔日的榮光

・詩寫台南子弟紐約 Yankees 隊王牌投手王建民
　佇美國職棒大聯盟大放異彩

2007. 7. 18 寫 / 2023. 1. 26 修

註：

1. 雄 (hiông)：速度快；兇猛的。
2. 斯文 (su-bûn)：指人有書卷氣。
3. 恬靜 (tiām-tsīng)：安靜。也用來形容人文靜。
4. 野球人 (iá-kiû-lâng)：泛指實際參與或積極從事推廣棒球運動的熱心人士。棒球，俗稱「野球」。
5. 大放異彩 (tāi-hòng-ī-tshái)：表現出與眾不同的精彩。比喻非常突出的成就。

等你開喙

Warm-up 才五分鐘
規間空氣急速冷凍
恬𥑮𥑮
靜寂寂
三十外个台灣大學生
頭頣頣坐--咧　無意無意
一个德國教授
喙合合　徛咧一直聽候
一節無言的堅持
雕塑 German 人種

敢是啞口學校
敢會老師佮學生咧賭氣
枉費四十五分鐘久苦等
干焦　等你
等你開喙

・憶大學時代上德語課

2021. 3《海翁台語文學》

2004. 10. 8 寫 / 2020. 3. 26 修

註：

1. warm-up：英語，本義是熱身運動，此處比喻溫習功課。
2. 靜寂寂 (tsīng-tsiauh-tsiauh)：安靜；沒聲音。
3. 頭頣頣 (thâu tshih-tshih)：低著頭。
4. 無意無意 (bô-ì-bô-ì)：不好意思，感覺不安的樣子。
5. German：英語，日耳曼人，德國人。
6. 啞口 (é-káu)：啞巴。

撞鐵子

球　敢有鉛的元素
十六磅鐵子懶屍懶屍
洗石仔球床
上蓋知影伊的輕重
有柴做的童子軍棍仔
出力撞向鐵子
撞開初中記持

慢慢仔翱　勻勻仔輾
輾出南一中小長株形老司令台
輾出教官形影
懸大勇壯

· 憶南一中教官關凱先生處罰學生校外撞球怪招

2020. 4《海翁台語文學》

2004. 10. 9 寫 / 2019. 7. 3 修

註：

1. 撞鐵子 (tōng thih-tsí)：撞鉛球。鐵子，鉛球，體育器材。
2. 鉛 (iân)：一種金屬元素，青白色，質地較軟。
3. 懶屍 (lán-si)：懶得動；不動如屍。
4. 有柴 (tīng-tshâ)：硬木材。
5. 翱 (kō)：滾動。
6. 輾 (lìn)：滾動。
7. 長株形 (tn̂g-tu-hîng)：長方形。

承　諾

決心放棄
佮三十八冬的拍拚切離離
為了情意
甘願選擇無閒頣頣
棄教從漁
甘願用後半世人的堅持
打造遵守承諾千足金字

明其知影
喙是風
刻佇風--裡的約束
綴老丈人過往
猶原堅持

舞台原在
仝款用人生號名
主角仝人角色轉換
春風化雨搬煞
作魚塭仔的老人接紲

閣再認真拍拚

· 記好友鄭水蹔棄教從漁

2020. 9《海翁台語文學》

2010. 9. 12 寫 / 2020. 3. 25 修

註：

1. 承諾(sîng-lo̍k)：應允同意。
2. 千足金字(tshian-tsiok kim-jī)：純金打造的文字。千足，成色十足的黃金。
3. 約束(iok-sok)：約定。
4. 搬煞(puann-suah)：演完一齣戲。
5. 作塭仔人(tsoh-ùn-á-lâng)：從事養殖魚蝦的漁民。魚塭仔，養殖魚蝦的人工池塘。

憂　鬱

一粒有孝的心
袂當佮老母中風交換
共毋甘讓予半身不遂
共足深的責備留予家己

一份做老爸的愛
無法度救贖細囝失去的戀情
疼惜參毋甘握手
用傷身陪伴傷心

一份對島國的大愛
參民主交易
共伊倖共伊捀
予伊做頭人
無情風湧滾絞
綠反紅
變調的民主啊
消風失重

一粒孝心

一份慈愛

十二萬分自責

結結規毬

・ 記好友劉老師中年心境

2006. 10. 10 寫 / 2022. 3. 12 修

註：

1. 憂鬱 (iu-ut)：憂愁煩悶。
2. 共伊捀 (kā i phâng)：從旁讚美或當面奉承，有意藉此抬高他的地位。
3. 頭人 (thâu-lâng)：領導人；領袖。
4. 綠反紅 (li̍k huán âng)：比喻紅衫軍領導人的政治立場善變。
5. （心肝）結規毬 (kiat kui-kiû)：比喻心情鬱結。也說成「拍結毬」(phah-kat-kiû)。

孱蕚市長

菜頭蓬心焐袂爛
膨風水雞刣無肉
這款市長有夠孱蕚
六都評比
定定提上尾名
失德陰鴆
開喙合喙『157』
台大醫生又閣按怎

八冬市政放予爛
全然無顧兩百外萬人死活
防疫無心施政失能
閣敢逐工共中央唱聲
一日到暗變猴弄『蹭聲量』

也捌
聲聲句句講伊是『墨綠』
忘恩背義變色龍
搖身一變一粒毒檳榔

政治蜈蜞心惡毒
四兩鈗仔毋知除
也敢數想欲坐大位

犧牲換來覺醒
緊共這種政治糞埽
掃入去歷史的火烌--裡

2022. 4. 12 寫 / 2022. 12. 26 修

註：

1. 羼蔓 (lān-muā)：本義是男人陰毛，常用來罵人驕傲自大的樣子。
2. 菜頭蓬心 (tshài-thâu pōng-sim)：蘿蔔的中心鬆而不實，比喻虛有其表。
3. 焄袂爛 (kûn bē-nuā)：煮不軟。
4. 陰鴆 (im-thim)：悶不吭聲，心裡卻想著害人手段的陰沉個性。
5. 唱聲 (tshiàng-siann)：出言挑釁。
6. 蹭聲量（華語）：趁機會或存心要博得網路聲量。
7. 蜈蜞 (gôo-khî)：水蛭。生在池溝裡的扁長形小軟體動物，能吸食人畜的血。
8. 鈗仔 (ńg-á)：用鉤子秤稱東西時，會先把東西放進吊籃中再稱，這個吊籃就叫做「鈗仔」。「四兩鈗仔毋知除」，比喻人不自量力。
9. 數想 (siàu-siōnn)：妄想。

動怒的老和尚

佛祖　蓮花座上
靜坐
慈眉善目
莊嚴法相

三寶弟子　空門
禪修
世俗來汙染
金錢來考驗
伊嘛足想欲抵抗
是按怎　人的心
遮爾仔軟弱
擋貪袂牢
擋瞋袂牢
痴也無法度擋

成百冬歲壽
　敢有白活
超過一甲子參修
　敢有白修

目睭予貪予瞋予痴
霸占
喙舌予恨予惡言
纏牢牢
天意伊敢知
民意伊敢有了解

佛祖恬恬恬
蓮花一蕊一蕊拍開
貪　也空
瞋　也空
痴　也空

・2004 總統大選介入政治無端動怒的老和尚

2004. 3. 10 寫 / 2022. 2. 22 大修

註：

1. 瞋 (tsin)：瞪眼怒視。
2. 無端 (bû-tuan)：無緣無故；沒有來由。

火過才炰芋

上帝賜予咱台灣人的
天兵天將降臨
蔡培火的喝聲
愈來愈近

人聲喊喝
吵吵鬧鬧無時停
這是一場有佮無的戰爭
賭強　跋大
跋母語前程

Siáng 教你一暝大一寸
兩个大人目空赤
驚你大漢驚你優勝
聯合鬥爭

戰輸的鵪雞
猶想欲兩套並行
空思夢想的你啊

手把扳輸了後
火過才欲炰芋
目睭金金　看人
揨一盤得意洋洋
向上帝感恩

2006. 9. 30 寫 / 2023. 2. 22 修

註：

1. 炰芋 (pû ōo)：用餘燼（熱灰）將芋頭燜熟。
2. 蔡培火（1889 - 1983）説過：羅馬拼音字是上帝賜給臺灣人的天兵天將。
3. 賭強 (tóo-kiông)：逞強；逞能。
4. 跋大 (puah-tuā)：賭大的。
5. siáng：誰。「啥人」(siánn-lâng) 常合音為 siáng。
6. 目空赤 (bak-khang-tshiah)：眼紅；嫉妒。
7. 鵤雞 (tshio-ke)：發情的公雞。此處比喻很活躍的領導人。
8. 扳手把 (pan tshiú-pà)：兩個人互扳手腕，比試腕力。也説成「遏 (at) 手把」。
9. 得意洋洋 (tik-ì iông-iông)：很得意很高興的樣子。得意，稱心如意而高興。

創　景

是創景？
是創空？
揣根任務遮爾重
哪通
捧堅持佮人換好空
何況　你是
阮一向所敬重的頭人

招阮洗身軀
無講無呾
衫仔褲共阮掀咧走
阮一時欲哭
無目屎

2010. 4. 27 府城更深

註：

1. 創景 (tshòng-kíng)：捉弄；欺負。
2. 創空 (tshòng-khang)：設計陷害。
3. 捧 (phóng)：雙手托物。
4. 好空 (hó-khang)：油水多的；有賺頭的。
5. 無講無呾 (bô-kóng-bô-tànn)：不聲不響；沒説一聲。
6. 挔咧走 (hiannh leh tsáu)：將衣物抱走跑掉。挔，用手抱取東西。如取衣物，多使衣物橫垂於手臂上。

第七輯

詠物

苦楝仔

無愛做無根浮薸
海天遊蹤　敢是
久年的流浪
揹佇風的翼尾
盤山　千重萬重
過海　一湧一湧千萬頃
一直飛一直揣

一條番薯跋落大海
一隻海翁浮出水面
一粒島嶼
一个搖笱
搖出翠青
搖出美麗

堅心收束流浪飄泊
共種子掖落這塊寶地
年輪無法度算出
阮年歲

紫色的花蕊
是阮獻予島國
早開的春花

2021. 12《海翁台語文學》
2007. 7. 16 寫 / 2020. 9. 21 修

註：

1. 苦楝仔(khóo-līng-á)：楝樹。一名苦楝，落葉喬木，羽狀複葉，春天開花，五瓣，淡紫色。
2. 揖(mooh)：緊抱；緊貼著。
3. 搖笱(iô-kô)：搖籃。
4. 收束(siu-sok)：結束；控制住。
5. 飄泊(phiau-pȯk)：比喻到處流浪。

百　合

毋通嫌阮臭賤
毋通嫌阮無一點點仔嬌豔
為欲守護島國每一寸塗
為欲用心聽土地的聲
恬恬覕佇塗--裡
聽候　聽候春風共阮叫醒

純潔是阮的性命
會堪得食苦是阮的意志
風吹日曝雨淋
起造阮的堅強

過去的風雨
過去的歷史　見證
阮佇紀念堂廣場掖種
掖一粒
民主自由的種

2022. 2《海翁台語文學》
2007. 7. 18 寫 /2020. 7. 16 修

註：

1. 百合 (pik-ha̍p)：多年生草本植物，花呈漏斗形，有白色、綠色或紅黃色。
2. 臭賤 (tshàu-tsiān)：（花草）容易繁衍。
3. 覕 (bih)：藏匿。
4. 聽候 (thìng-hāu)：等候。
5. 民主自由的種：1990 年 3 月野百合學運。

苦楝舅

無想欲佮伊爭正統
嘛毋免家己膨風
啥物人仔遐家婆
共阮牽親引戚
阮敢真正是
苦楝仔的阿舅

島國的春天
定定會落紫色花雨
阮才無愛遐爾痴
單戀茄仔色花蕊

魔術師提調色盤
畫家擇彩筆
粉綠轉金黃
金黃變烏黖紅
烏黖紅反淺色咖啡
攏是阮足愛足媠的色緻

阮佇遮出世佇遮大漢
阮釘根佇遮
阮欲為島國奉獻
捐獻一季的秋清

2023. 11《海翁台語文學》

2007. 7. 20 寫 /2022. 11. 26 修

註：

1. 苦楝舅 (khóo-līng-kū)：臺灣欒樹。臺灣特有原生樹種，更名列世界十大名木之一。落葉喬木，有「四色樹」美稱，又叫「臺灣金雨樹」。
2. 遐家婆 (hiah ke-pô)：（像管家婆一樣）那麼愛管閒事。
3. 牽親引戚 (khan-tshin-ín-tshik)：比喻攀關係。此處指牽強附會。
4. 轉金黃，音 tńg kim-n̂g。
5. 變烏黕紅 (piàn oo-tòo-âng)：變成暗紅色。
6. 反淺色咖啡，音 huán tshián sik ka-pi。

檳　榔

自有島國就有阮的存在
毋免共傳說借名
瘦抽挑俍身櫳
直溜秀是阮個性

為欲抵抗三四百冬前瘴癘
為欲備辦原始婚禮
為欲排解紛爭共人會失禮
粗殘開始發酵
共阮割落來窒喙空
用嘔紅買粗俗
穿淺拖佮低路交易
一步一步
踏著島國的見笑

也無徵求阮同意
共廉恥拍予薄薄薄
薄縭絲也會當換錢
賣檳榔兼賣西施

透濫情色的種子
掖佇島國每一寸塗--裡
阮只有恬恬
擛頭問天

2022. 4《海翁台語文學》

2007. 7. 21 寫 / 2021. 10. 2 修

註：

1. 檳榔 (pin-nn̂g)：熱帶植物名。常綠喬木，俗稱「菁仔欉」，果實堅硬，叫做「檳榔」，也說成「菁仔」(tshenn-á)。
2. 挑俍 (thiau-lāng)：身材修長。
3. 直溜秀 (tit-liù-siù)：很直。秀，代用字。
4. 瘴癘 (tsiòng-lē)：指亞熱帶潮溼地區流行的惡性瘧疾等傳染病。
5. 粗殘 (tshoo-tshân)：粗暴殘忍。
6. 發酵，音 huat-kànn。
7. 窒喙空 (that-tshuì-khang)：塞東西到嘴裡。
8. 嘔紅 (áu-hông)：吐血。也用來謔稱人吐檳榔汁。
9. 低路 (kē-lōo)：形容一個人的品味低劣卑下或做事的方式下流。

斑　芝

食島國的塗
有瘦有肥
啖島國的水
甘甘甜甜
只要有一點仔塗
予阮一寡仔水

斑芝是阮平埔仔語
啥物人仔遐爾無知
也敢大主大意
共阮改名叫做木棉
金色喇叭歕向天
是阮的媠
白色棉絮隨風飄動
是阮的柔
鋼釘鑽骨無喝疼
是阮堅強的意志

阮釘根佇遮
阮攏佇遮生湠
阮絕對無欲遷徙

2023. 12《海翁台語文學》
2007. 7. 22 寫 / 2021. 10. 7 修

註：

1. 斑芝 (pan-tsi)：木棉，又名英雄樹。長在熱帶，落葉喬木。樹幹具瘤刺，葉子掌狀分裂，春天開花，花橙紅色，結蒴果。
2. 瘦 (sán)：土地貧瘠。
3. 啖 (tam)：吃一點；嚐嚐味道如何。
4. 歕向天 (pûn hiòng thinn)：歕，吹奏樂器。木棉花開，像極了金色喇叭向天吹奏樂曲。
5. 棉絮，音 mî-sù。
6. 飄動 (phiau-tōng)：飛舞。

虱目魚

放揀闊莽莽大海
泅靠岸
細細尾仔針鼻大
走入去攄魚栽網仔
甘願受禁小小魚塭仔
用肉身證道
短暫的性命　晟養
島國
永遠的生湠

平埔仔掠--過
荷蘭人食--過
東寧王國煮--過
清國人炊--過
日本人煎--過
國民政府刣--過

虱目仔上驚跳上岸
無死嘛堅乾

島國的海水啊
你是阮永永遠遠的活泉

2022. 6《海翁台語文學》

2007. 7. 24 寫 / 2021. 10. 2 大修

註：

1. 虱目魚(sat-ba̍k-hî)：臺灣主要的養殖魚類，原名「麻虱目」(muâ-sat-ba̍k)，是西拉雅語。
2. 攄魚栽(lu-hî-tsai)：人工捕撈魚苗。
3. 東寧王國(Tong-lîng-ông-kok)：明鄭王朝。
4. 堅乾(kian-kuann)：魚體脫水後乾癟狀。

草　蝦

海--裡的水清清清
討海人的金山銀山掠袂盡
夯發展經濟佮汙染交易
大造船廠　大煉鋼廠　火力發電廠
相招向高雄港行倚
紅毛港的悲歌
唱袂煞

母親叫醒海的囝
變竅起造草蝦王國的名
無疑悟
病變著災接紲

島國啊，母親
遷村是無言的結局
紅毛港人的血跡
討海人的美夢參血汗
深深沉埋

2007. 7. 25 寫 / 2022. 12. 1 修

註：

1. 掠袂盡 (lia̍h bē tsīn)：捕撈不完。
2. 夯 (giâ)：以肩扛重物。
3. 變竅 (piàn-khiàu)：變通。
4. 著災 (tio̍h-tse)：染上瘟疫。
5. 血跡 (hueh-jiah)：出生地。
6. 沉埋，音 tîm-bâi。

玉荷包

無彩伊
三千寵愛在一身
搜括人間上好食品種
窒宮廷喙空

敢是島國的塗有較肥
敢是島國的水較芳較甜
肉濟　子小　甜閣厚汁
果子王國的名
全世界的人攏有咧聽

楊貴妃一定足怨嘆
伊盍會佇中國　早生
一千外冬

2022. 8《海翁台語文學》

2007. 7. 27 寫 / 2020. 3. 27 修

註：

1. 玉荷包 (gio̍k-hô-pau)：水果名，優良荔枝品種，肉多、籽小、多汁、甜度夠。
2. 無彩伊 (bô-tsháí i) ～：枉費她～。
3. 窒喙空 (that-tshuì-khang)：塞東西到嘴裡。
4. 盍會 (khah-ē) ～：怎麼會。

烏真珠

海風鹹鹹
不時侵阮的瘦田
金龜胡蠅蠓蟲
不時偷食阮的土種仔

揹一鍋滿身重汗　干焦
交換一日艱難生活

若毋是本土農業科技愈來愈精進
若毋是作穡人汗水涵涵滴
哪有你
遮爾飽水
遮爾甜閣好食的婧

2007. 7. 28 寫 / 2021. 12. 15 修

註：

1. 烏真珠 (oo-tsin-tsu)：水果名，優良蓮霧品種，屏東特產，享譽國際。
2. 瘦田 (sán-tshân)：貧瘠的田地。
3. 涵涵滴 (tsha̍p-tsha̍p-tih)：（液體）不停往下滴。
4. 飽水 (pá-tsuí)：（穀類或水果）成熟飽滿。

紫色的浪漫

一大片的綠
　養一季快活
一大片的白
　換規身軀畏寒
一大片的紅
　驚聽落葉心情
一大片的紫
　激一甕芳芳芳浪漫

用薰衣草編織
紫色的夢
紫色的花海　淹過
富良野
揣無地平線

後記：日本北海道四季分明風景優美，春櫻、夏綠、秋楓、冬雪，各有迷人風情。紫色薰衣草佇富良野的熱--人盛開，紫色的花海編織薰衣草的傳奇。

2020.5《海翁台語文學》

2007.9.25 寫 / 2019.7.18 修

註：

1. 激(kik)：醞釀。
2. 富良野：地名，位於日本北海道。

綠色馬鈴薯園

微微仔風吹動滿園青翠
綠色的葉仔佇風--裡跳 waltz
一坵湠過一坵

日頭光普照綿延綠坡
綠色的葉仔佇光--裡跳 waltz
規大片綠波浪
溢溢溢　溢無停
飛入一蕊一蕊好玄目睭
闊莽莽　遠遠遠

潑這大片綠
共北海道染色
雕塑馬鈴薯的溫柔
送予園主
一季的笑容
送予旅人
一季的快活清心

恬恬藏佇塗--裡
聽土地的聲
欶土地飽滇的奶水

後記：日本北海道馬鈴薯園，綠坡綿延，為伊的「夏綠」美景做見證。

2007. 9. 30 寫 / 2023. 2. 26 大修

註：

1. waltz：華爾滋，交際舞的一種，用圓舞曲伴奏。
2. 湠 (thuànn)：蔓延。
3. 綿延 (biân-iân)：連續延長。
4. 溢 (ik)：像潮水般湧過來。
5. 好玄 (hònn-hiân)：好奇。
6. 清心 (tshing-sim)：沒有牽掛。
7. 欶 (soh)：吸。

花　虹

毋是水中倒影

毋是天邊彩霞

富良野的農民

用虔誠的心向花神請命

共畫家借筆

佇大地種七彩的虹

・ 詩寫日本北海道富良野花田

2007. 12. 15《鹽分地帶文學》

2007. 8. 27 寫 / 2011. 6. 5 修

註：

1. 虔誠 (khiân-sîng)：恭敬而有誠意。
2. 請命 (tshíng-bīng)：請示。

櫻桃佮林菝

學猴山仔
一欉盤過一欉
一直挽
一粒閣一粒
窒喙空

規大片青翠
還予女主人
濟濟濟
哂人流喙瀾小紅點
一直減一直減
北海道的風--裡
有聽著台灣的笑聲

我共六十二歲的歡喜
交落佇異鄉櫻桃園
我共十二歲的笑容
藏佇番仔厝外媽兜
紅心土菝仔欉的葉縫

後記：2007佮牽手、查某囝遊日本北海道，綴團入櫻桃園自由挽、食甲飽，無限歡喜！使我回想囡仔時蹛外媽兜，不時踮林菝欉挽紅心土菝仔的情景。

2014. 2《海翁台語文學》

2007. 9. 24 寫 / 2013. 7. 5 修

註：

1. 林菝 (niá-puȧt)：番石榴。
2. 窒喙空 (that-tshuì-khang)：塞東西到嘴裡。
3. 唌 (siânn)：引誘。
4. 交落 (ka-lȧuh)：掉落。
5. 番仔厝 (Huan-á-tshù)：地名，在原臺南縣將軍鄉。

帝王蟳

北國北爿外海
深深深
何等曠闊
是按怎無欲走閃

一旦落網
一旦落鼎
一旦上市
一旦上桌

枉費恁生遐爾濟
長長長的跤
枉費恁有遐爾好聽
號做帝王的名

後記：帝王蟳是北海道北爿 The Sea of Okhotsk（華譯：鄂霍次克海）足出名的海產，2007 佮牽手、查某囝遊北海道，連紲兩暗食帝王蟳準飯，食幾若盤，食甲笑咍咍。

2013. 12《海翁台語文學》

2007. 9. 30 寫 / 2008. 7. 15 修

註：

1. 帝王鱘 (tè-ông-tsîm)：帝王蟹。
2. 北國 (pak-kok)：此處指日本北海道。
3. 走閃 (tsáu-siám)：逃避。
4. 一旦 (it-tàn)：假設有這麼一天。

琴葉榕

揹青色小提琴
決心離開原鄉
逃避翕熱烏暗的名
佮島嶼約定
飄洋過海
迢迢千萬里來到遮
釘根生湠

一葉青翠　一枝琴
一片琴葉一片情
規欉翠綠琴做岫
合奏天籟優美琴韻

風吹微微共詩吟
　輕輕仔彈低音
毛毛仔雨共伊唚
　奏溫柔中音
狂風暴雨若來侵
　面現變摸懸音

2005. 9. 1 寫 / 2021. 8. 16 修

註：

1. 琴葉榕 (khîm-hio̍h-tshîng)：植物名。桑科榕屬，原產地區熱帶非洲。葉子就如同她的名字一樣美，是小提琴的形狀。樹葉很大，葉長約 30 ～ 40 公分，結隱花果。
2. 翕熱 (hip-jua̍h)：悶熱。
3. 㧌懸音 (giú kuân-im)：拉高音。

第八輯

環保

點著的記持

做囡仔的時
攬規庄青翠
哸一坵一坵金黃
杜蚓仔塗跤底鑽來鑽去
輕輕鬆鬆自由行
四跤仔無憂無愁叫規暝

娶某了後
土地煞袂喘氣
揣無杜蚓仔形影
揣無四跤仔叫聲
土溝最後一隻老水牛
拖一車孤單稀微

毋認老
替食毋著藥仔田園灌腸洗胃
換飼有機肥清氣水

南風　稻芳
一隻老水牛犅
老阿伯仔笑微微
招四跤仔伴奏
同齊錄一塊
無米樂的影跡音聲

2023. 10《海翁台語文學》

2008. 7. 17 寫 / 2022. 2. 14 大修

註：

1. 點著 (tiám-to̍h)：點燃。
2. 杜蚓仔 (tōo-kún-á)：蚯蚓。
3. 四跤仔 (sì-kha-á)：青蛙。又叫「四跤魚」。
4. 土溝 (Thôo-kau)：地名，原臺南縣後壁鄉土溝社區。
5. 水牛犅 (suí-gû-káng)：公水牛。
6. 無米樂 (bô-bí-lo̍k)：窮人的快樂。窮人自我調侃的說法。
7. 影跡 (iánn-tsiah)：蹤跡。

天咧責罰

天敢有疼惜咱台灣人
若有
哪會對咱遮粗殘
若無
大自然哪會賜予咱無限資源
賜咱食賜咱用
賜咱青山佮綠水

天敢有教育咱台灣人
敢有教咱貪婪
敢有教咱自大傲慢
敢有允准咱
擇發展經濟的尖尾刀仔
殘大地腹肚
共天頂鑿一大空

大愛竟然換來絕情
無言竟然變成寵倖
人煞蹈上天的頭殼頂
連陷眠咧講的話
也當做是真
數想
人一定會當勝過天

大雨一直倒
倒袂離
山綴咧崩
崩規氣
塗石四界傱四界摒
淹淹流　隨著到
仙走都走袂離
山崩　地裂　大水
厝倒　路斷　橋毀
規庄埋埋--去
連阿立祖家己嘛走袂離

責罰教示無張持
犧牲敢有換來覺醒
天地行災
父親節這一日
敢是天特別選的日子
伊敢是　伊敢是欲
予狂傲自大的人啊當頭棒喝
成做永遠的粒仔疕
成做永永遠遠傷心的記持

· 哀 2009『莫拉克』風颱南台灣八八大水災受難者

2012. 3. 15《台江台語文學》

2009. 8. 15 寫 / 2022. 12. 4 大修

註：

1. 台灣人 (Tâi-uân-lâng)：泛指不分族群、所有住在臺灣這個島上的人。
2. 粗殘 (tshoo-tshân)：粗暴殘忍。
3. 貪婪 (tham-lâm)：貪得無厭。
4. 殘 (tsân)：尖銳物直戮刺進。
5. 鑿 (tsha̍k)：戳穿。「鑿一大空」，戳一個大洞。
6. 寵倖 (thíng-sīng)：嬌縱；溺愛。
7. 陷眠 (hām-bîn)：做夢；說夢話。
8. 數想 (siàu-siōnn)：妄想。
9. 阿立祖 (A-li̍p-tsóo)：平埔族西拉雅人的祖靈。
10. 天地行災 (thian-tē hîng-tsai)：天降災難。
11. 當頭棒喝 (tong-thiô-pāng-hat)：比喻促人醒悟的警告。
12. 粒仔疕 (lia̍p-á-khî)：疤痕。

反　撲

百般呑忍　猶原
無法度滿足
無限貪婪的心
風颱掃做前
大雨一直落　落無停

敢是濁水溪改道
濁濁濁
淹淹流
憤怒塗石
雄界界
拚命衝四界掽

山擋袂牢
橋擋袂牢
厝擋袂牢
人閣較擋袂牢

· 記秋颱『辛樂克』大災害

2008. 9. 21 寫 / 2023. 3. 15 修

註：

1. 呑忍 (thun-lún)：忍耐。
2. 貪婪 (tham-lâm)：貪得無厭。
3. 淹淹流 (im-im-lâu)：大水橫流。
4. 雄界界 (hiông-kài-kài)：兇狠的樣子。

斷　橋

講啥物
無錢通維修重建
台灣錢敢毋是淹跤目？
講啥物
風大雨大山洪暴發
明明是久年重病
搦權的人猶閣咧佯生
偷挖砂石仔國賊滿滿是
濫墾山坡地種菜種果子
啥人咧包庇？
公權力敢已經死--去？

摔落斷橋的冤魂啊
到今猶揣無身屍
恁欲共 siáng 討添？

・哀摔落后豐斷橋寶貴的性命

2008. 9. 21 寫 / 2021. 9. 16 修

註：

1. 錢淹跤目 (tsînn im-kha-ba̍k)：錢淹過腳踝兩側突起的骨頭，比喻錢多富裕。
2. 搦權 (la̍k-kuân)：掌握權柄。
3. 佯生 (tènn-tshenn)：裝蒜；裝糊塗。
4. 共 siáng 討添 (kā siáng thó-thinn)：向誰求償。「啥人」(siánn-lâng) 常合音為 siáng 或 sáng。

佇玉山種一欉神木

拒絕小小三米粗俗
無愛銅身臭綠
混沌初開的承諾
三千九百九十七公尺
是山佮海永世堅持的密碼
送伊規山母塗
送伊一罐純正甘露
種一欉守護

隨在狂風暴雨摧殘
雷公爍爁威迫嚇驚
地牛翻身攪吵帹袂煞
祭出老僧入定釘根佇聖山
吸收日月精華勇身懸大
金剛不壞徛騰騰
忍受千年孤寂涵養謙卑
伊是一欉神

幔一領假虔誠糖仔衫
不時有人來朝聖
顧攬滿山青翠
袂記得寶惜兩字
共濟濟糞埽擲予伊

感恩疼惜抽離離
山善予人～欺
千年古樹墜落紅塵

甘願捨身交換救贖
狂風暴雨雷公爍爁地動山搖
同齊到　淹淹流
神木臭火焦倒翹翹
連玉山嘛崩--落來

2008. 6. 12 寫 / 2022. 12. 16 大修

註：

1. 玉山 (Gio̍k-san)：主峰高 3997 公尺（舊法所測，實際高度為 3952 公尺），曾有無聊政客刻意打造一尊 3 公尺高、已故監察院長于右任銅像立於峰頂，使湊成 4000 公尺，後來被人鋸毀。
2. 混沌初開 (hūn-tūn tshoo-khai)：混沌，太古時代世界開闢以前的狀態。初開，天地剛開闢的時候。
3. 承諾 (sîng-lo̍k)：應允同意。
4. 爍爁 (sih-nà)：閃電。
5. 老僧入定 (nóo-tsing ji̍p-tīng)：老和尚入定。入定，佛教修心養性的一種方法，閉著眼睛默坐而心定於一處，不涉想其他事物。
6. 徛騰騰 (khiā thîng-thîng)：挺直腰桿站立著。
7. 幔 (mua)：披在身上。
8. 假虔誠 (ké khiân-sîng)：假裝恭敬而有誠意。
9. 顧 (kòo)：只管；只顧（著）。
10. 抽離離 (thiu lī-lī)：完全抽離。
11. 墜落 (tuī-lo̍h)～：從高處跌下來。
12. 紅塵 (hông-tîn)：泛指人（世）間。

第九輯

心情

貺　冊

毋是糕仔弓蕉
毋是大餅
毋是油飯紅卵
只要咱有緣
只要你無棄嫌
阮一定欲貺

毋是訂婚
毋是度晬
毋免揀時陣
只要咱有心
只要你無棄嫌
阮一定欲貺

貺你島嶼的詩
貺你土地的歌
貺你阮智慧的結晶
貺你一盤一盤
阮粒積幾若冬的血汗

2021. 10《海翁台語文學》

2005. 9. 23 寫 / 2021. 2. 22 修

註：

1. 盱 (hīng)：訂婚、生小孩、小孩滿月、周歲時，將喜餅、油飯、紅蛋等分贈親友或左鄰右舍的作法，是臺灣的民間習俗。
2. 糕仔 (ko-á)：綠豆糕之類的糕餅。
3. 度晬 (tōo-tsè)：嬰兒周歲生日。
4. 粒積 (lia̍p-tsik)：一點一點地積攢。

拆

有一種衝碰
有一種霸氣
一直佇血--裡咧衝咧從

有一个慾望
有一个聲音
不時佇心內喝衝

毋是國王
毋是總統
無權無力通發動
毋是大將
毋是亂世大英雄
無戰場通展猛展勇
無大時代通開創

拆舊厝
拆舊裝潢
小小仔戰場

查某囝講
我是阮兜 AB 型的大將
我是厝內 AB 型的總統

2012. 11《海翁台語文學》

2006. 11. 5 寫 / 2022. 3. 10 修

註：

1. 衝碰 (tshóng-pōng)：衝動；莽撞。
2. 傱 (tsông)：奔跑；快衝。

孤　鳥

自出世就致病
一款無藥通醫的病
伊一直無欲相信
水清就無魚
伊上怨恨這款人
踏別人的肩胛頭大漢

伊的筆嘛穢著這款病
佇揣根文學的天地
伊註定是一隻
孤鳥
展翼　單飛

2007. 9. 8 定稿 / 府城台南

註：

1. 孤鳥 (koo-tsiáu)：比喻單獨一個人。
2. 穢著 (uè-tio̍h) ～：被傳染了。
3. 揣根 (tshuē-kin)：尋根。

唱咱的歌

心是天然的舞池
共赤焱焱日頭借光
共闊莽莽大海借水
共鹹溼土地借埕

水車咧踏
鹽耙仔咧拖
鐵肩咧擔
雙跤　鹽粒　鹽擔　鹽山
大粒汗細粒汗
相交摻的形影佮音聲
招靈活跳動指頭仔做舞伴
搖來搖去　如痴如醉

兩千外蕊目睭金金看
千外對耳仔斟酌聽
連番薯　鹹魚　白米
嘛從出來喊喝
曝鹽　曝鹽

土地的歌
曝鹽　曝鹽
土地的聲

後記：聞名海內外的臺灣歌謠作家鄭智仁醫師，為我的本土詩〈曝鹽〉譜曲，2005/05/12 佇高雄市文化中心，2005/05/27 佇國立臺南社教館演藝廳，發表演唱會盛況。

2020. 7《海翁台語文學》
2005. 9. 3 寫 / 2020. 3. 25 修

註：
1. 赤焱焱 (tshiah-iānn-iānn)：陽光熾熱。
2. 相交摻 (sio-kau-tsham)：互相混合攙雜。

中秋變

光焱焱的暝
溫柔也輕輕仔吹佇咱的面
月娘純潔慈愛
家家戶戶歡歡喜喜
準備食一頓腥臊

月餅
敢有臭酸
敢會致癌
柚仔
敢有變種
敢猶甘甜會芳

團圓的季節
烘肉芳貢貢　貢貢芳
窒島嶼的喙空
嫦娥也怨嘆
真心賞月有幾人

2023. 9《海翁台語文學》

2006. 11. 5 寫 / 2022. 1. 13 大修

註：

1. 光焱焱 (kng-iānn-iānn)：極為明亮。
2. 腥臊 (tshenn-tshau)：菜餚豐盛。
3. 窒喙空 (that-tshuì-khang)：塞東西到嘴裡。
4. 嫦娥 (Siông-ngôo)：中國古代神話裡的一個仙女，據說原是人間的女子，吃了一種靈藥而飛升到月亮裡，成了仙女。

割稻仔飯

大灶燃柴
鰇魚蝦米紅蔥頭精肉
同齊落鼎
炒一鼎好食

菜脯炒卵
豬血煮鹹菜湯
虱目魚煮瓜仔瓠
排骨炕筍仔湯
用扁擔擔去田園
用碗公貯飯
用碗公啉湯

布袋　摔桶　割稻仔人
飯粒內底有稻芳
規擔食甲空空空

2020. 10《海翁台語文學》

2008. 9. 9 寫 / 2022. 3. 13 修

註：

1. 紅蔥頭 (âng-tshang-thâu)：常用來爆香調味的紅色蔥頭。也說成「紅蔥仔頭」。
2. 精肉 (tsiann-bah)：瘦肉。
3. 瓜仔瓤 (kue-á-nn̂g)：瓜之實。瓤，某些瓜果去皮後的部分。如「西瓜瓤」。
4. 炕 (khòng)：小火熬煮。
5. 摔桶 (siak-tháng)：農具。昔日農家割稻時，以人力摔取稻穀之器具。

追　求

因為有甘露加持
掖的種足媠
沃的水會甜
歡歡喜喜發穎
壅的肥足肥
生枝發葉樹連枝
樹連枝啊二十外年
疼命命的日子

迷戀風的飄撇
醉心風的純情體貼
想欲留　留袂牢
葉仔的離開
因為風的追求
毋是樹仔無挽留

遮風遮雨
溫溫暖暖的岫
有疼惜　有溫柔

因為愛情的搩手

翼股硬飛離岫

追求屬於青春的幸福自由

・賀好友鄭水塹嫁查某囝

2021. 1《海翁台語文學》

2007. 5. 28 寫 / 2020. 3. 25 修

註：

1. 發穎 (puh-ínn)：萌芽。
2. 疼命命 (thiànn-miā-miā)：疼愛有加、惜之如命。
3. 翼股硬 (sit-kóo ngē)：翅膀硬了。

夜　祭

刣一隻大豬
奉獻阮的虔誠
敬你一鈷純米酒
敬你一盤上好檳榔

牽曲的跤步
請你斟酌聽
敢有變調兼變聲

阿立祖啊
尪姨敢是你的影
若是
趕緊叫伊去走揣
走揣四散　消失的
Si-lah-iah

2008. 7. 8 寫 / 2021. 9. 23 修

註：

1. 牽曲 (khan-khik)：平埔族西拉雅人的歌。
2. 阿立祖 (A-lip-tsóo)：平埔族西拉雅人的祖靈。
3. 尪姨 (ang-î)：（西拉雅）女巫、巫婆。
4. 四散 (sì-suànn)：分散到各處。
5. Si-lah-iah：原來住在臺灣西南部平原（今臺南、高雄、屏東三縣市）的西拉雅（Siraya）族人。

共餅做大

分裂敢一定是罪名
好好一欉文學的樹菅芒花
是按怎四界飛
生枝發葉多變化
母語的種子
四界掖
釘根兼生湠
愈湠愈濟
愈湠愈曠闊

是偶然？
是宿命？
分裂顛倒共餅做大

是必然？
是意外？

2007. 9. 14 寫 / 2022. 1. 14 修

註：

1. 菅芒 (kuann-bâng)：五節芒。一種野生的多年生草本植物，似蘆葦，但較高大。
2. 文學的樹菅芒花：菅芒非樹，此語指南臺灣知名臺語文學團體「台南市菅芒花台語文學會」。
3. 宿命 (siok-bīng)：（有人認為人生的貧富、生死……）一切都是命運安排好的，人力無法左右。

緣　盡

退職的字典
揣無清閒
推揀母語的跤步無時停
茶葉园臭殕
滾水變冷
哪會愈泡愈薄

同齊拍拚的路--裡
愛台灣的心
疼母語的情
敢毋是咱扶持相牽的血脈

是名利？
是猜疑？
是嫉妒？
拆散你我長期的相楗

2006. 10. 13 寫 / 2022. 2. 6 修

註：

1. 囥臭殕 (khǹg tshàu-phú)：放著霉味。臭殕，發霉。
2. 相楗 (sio-kīng)：相互支撐；相扶持。

命運的鎖鍊

毋免萬里遐爾長
四百公里真情就有夠
無光彩的經驗毋免累積
無想欲綴人永遠跍
自古明月照到今的山頭罰徛

一粒一粒紅絳絳的心
一雙一雙互相扶持的手
牽做一條渗過鋼
絕對無欲向強權惡霸屈服
命運的鎖鍊

・2004 二二八全國牽手護台灣

2004. 2. 29 寫 / 2022. 1. 13 修

註：

1. 綴人 (tuè lâng) ～：跟著別人。
2. 紅絳絳 (âng-kòng-kòng)：形容鮮紅的顏色。
3. 渗鋼 (gàn-kǹg)：淬鋼。
4. 2004 年 2 月 28 日全國牽手護台灣運動。

婚姻婚姻

祭自由戀愛大旗
起造維新世界愛的神壇
欲共「父母之命」的無奈做了結
無欲閣聽糊瘰瘰的媒人喙
情慾的世界結婚是速食
毋免天長佮地久
毋免當天咒誓

焦柴烈火燒--出來的情愛
會當提煉幾成真實的愛情
性開放的新世代
管待伊「炎火緊焦湯」敢是真
當離緣變做流行的病症
敢猶有人懷念頂一沿
文火煉--出來的愛情

2016. 4《海翁台語文學》

2015. 6. 16 更深 / 2023. 4. 10 修

註：

1. 父母之命 (hū-bió tsi bīng)：早期男女婚姻不能自主時代，終身大事全憑「父母之命，媒妁之言 (muî-tsiok tsi giân)」。
2. 糊瘰瘰 (hôo-luì-luì)：說話不可靠。
3. 炎火緊焦湯 (iām hué kín ta thng)：用大（旺）火煮湯，湯很快就會乾掉。臺灣俗諺有云：「炎火緊焦湯，無燒無冷較久長」。
4. 頂一沿 (tíng-tsit-iân)：上一代。
5. 文火 (bûn-hué)：微火、小火。
6. 煉 (liān)：用加熱的方式使物質純淨或堅固。

驚　惶

阮是無記性族群
有人笑阮
戇甲有賰
無膽驚死勢吞忍

毋知按怎
最近定定做惡夢
半暝
雄雄驚醒幾若擺
心肝頭呯噗惝

過橋橋斷
倚山山崩
九月颱有夠害
一个接一个相紲來
風狂雨急
塗石淹淹流
啉著毒牛奶
食著有毒的麭

阮欲大聲叫出母親的名
也有人共阮捏嚨喉
迫阮恬恬
袂使出聲

2008. 10. 5 寫 / 2022. 1. 18 修

註：

1. 無記性 (bô-kì-sènn/sìng)：健忘。
2. 吞忍 (thun-lún)：忍耐。
3. 吡噗惝 (phih-pho̍k-tsháinn)：心臟快速跳動的聲音。
4. 麭 (pháng)：麵包。
5. 捏嚨喉 (tēnn nâ-âu)：掐喉嚨。

揀做堆

連體嬰仔一定愛分開
新婦仔飼大漢
愛緊共個揀做堆
是好是䆀
你我敢有澈底了解
有錢好辦事
敢會變成一種迷思
城鄉大差距
敢毋免斟酌考慮

院轄市啊，院轄市
敢是有人足自私
干焦想欲閣再連任拚選舉
院轄市啊，院轄市
敢是你我綴人咧喊喝
一个空殼的名
一時仔的虛華

・行政院通過部分縣市合併

2009. 9. 23 寫 / 2022. 2. 15 修

註：

1. 抾做堆 (sak-tsò-tui)：圓房。（在臺灣）昔日一種不舉行婚禮的成親方式，通常是童養媳長大了，直接將她與養兄或養弟推入洞房結成夫妻。
2. 新婦仔 (sin-pū-á)：童養媳。
3. 綴人喊喝 (tuè lâng hán-huah)：跟著別人起鬨、搖旗吶喊。
4. 虛華 (hi-hua)：熱鬧。

鋤頭佮鐮劚仔

日頭遮爾大
石頭捷捷搬
鋤頭代替牛犁
日日拍拚咧掘塗
土地是咱的
揞血佮汗　深耕
這坵民主園地

搪著一寡外來客
講欲 long stay
椅頭仔夯來坐
樹仔跤佮你開講泡茶
民主一斤值偌濟
隨在個喝價
緣投共恁迷
用錢共恁買
一个一个鐮劚仔紮--咧
串斬稻仔尾

2023. 1《海翁台語文學》

2009. 7. 23 寫 / 2020. 12. 10 修

註：

1. 鎌劚仔 (nî-lik-á)：有小鋸齒的鐮刀。
2. 搪著 (tn̄g-tio̍h) ～：不期而遇。
3. 夯椅頭仔 (giâ í-thâu-á)：搬小凳子。
4. 值偌濟 (ta̍t guā-tsē)：值多少。
5. 紮--咧(tsah--leh)：攜帶著。
6. 斬稻仔尾 (tsánn-tiū-á-bué)：比喻坐享別人辛勤的成果。也說成「割稻仔尾」。

第十輯

雜記

高雄的驕傲

共『文化沙漠』歹名塗銷
複製 Seine 河的婀娜多姿
予愛之河
閣較 romantic

共外交免戰牌踢開
擇懸懸
高雄世運 2009 火炬
炤光 103 个國度
炤光島國的名
擇高雄的驕傲
炤 TAIWAN 欲行的路

・ 愛河整治佮世運會成功圓滿

2009. 10《鹽分地帶文學》
2009. 7. 22 寫 / 2022. 1. 14 修

註：

1. Seine River（華譯：塞納河）：源出法國東境，西北流經巴黎，入英吉利海峽。
2. 婀娜多姿 (a-ná-to-tsu)：姿態柔美。
3. romantic：英語，浪漫的、多情的、富於感情的、合於傳奇故事的。
4. 炤 (tshiō)：照亮。
5. 第 8 屆世運會：2009.7.16 ～ 26 於高雄市舉行，有 103 個國家參與盛會。

101 的迷思

考試愛考第一名
走標運動愛搶上頭名
大小比賽愛拚冠軍好名聲
文學正獎爭欲得
收視率相爭拚第一
第一大報的名袂使失

百層大樓懸拄天
不時挨挨陣陣來朝聖
世界出名　奢颺
會當衝幾時
101 敢是最後的數字

2009. 8. 4 寫 / 2021. 10. 5 大修

註：

1. 迷思 (bê-su)：迷惑不解。
2. 走標 (tsáu-pio)：賽跑。
3. 懸拄天 (kuân-tú-thinn)：高聳入雲霄，宛若碰觸到天際。
4. 挨挨陣陣 (e-e-tīn-tīn)：形容人潮擁擠絡繹不絕。
5. 奢颺 (tshia-iānn)：驕奢重排場。
6. 衝幾時 (tshìng kuí-sî)：能夠當紅多久。

紅跤揹笭

小小頭殼藏『導航神器』
目色好　好記持
飛遠路嘛毋免用地圖

翼股硬學揹笭
預約農閒　每一冬
兩庄歡喜心適的戰爭

一錢一錢
一兩一兩一直添
展開翼股請風
滿天風鈴招白雲跳舞
有的懸有的低
有時近近有時遠遠
媠噹噹的音符
飛過學甲
飛來頂洲

2021. 2《海翁台語文學》

2008. 7. 25 寫 / 2023. 3. 25 大修

註：

1. 紅跤揹笭 (âng-kha phāinn lîng)：昔日盛行於嘉南平原、農村休閒賽鴿活動。比賽時，賽鴿必須背負繫於尾翼的鴿笭競飛。
   - ・紅跤 (âng-kha)：鴿子。鴿子俗稱「粉鳥」，原臺南縣沿海北門、學甲、佳里、將軍、七股、西港 6 鄉鎮居民，把鴿子叫做「紅跤」。
   - ・紅跤笭 (âng-kha-lîng)：鴿笭。笭，質輕木材鉋製的發聲器，遇風則鳴，笭聲悅耳。
2. 神器（華語）：神奇玄妙的器物。
3. 目色好 (ba̍k-sik hó)：辨識能力強。
4. 翼股硬 (sit-kóo ngē)：翅膀硬了。
5. 媠噹噹 (suí-tang-tang)：很美。
6. 學甲 (Ha̍k-kah)：地名，在臺南市。
7. 頂洲 (Tíng-tsiu)：地名，在臺南市。

兩枝蠟條

一枝蠟條下願
欲照光別人先燒家己
另外一枝笑伊戇笑伊痴
無人點無欲著
是伊永遠的堅持

有人好玄
共一枝蠟條的心抽--起來
另外一枝共心留--咧
予伊一枝番仔火
會著　袂著
留予風佮番仔火對話

2015. 10《海翁台語文學》
2014. 12. 6 寫 / 2015. 8. 2 修

註：

1. 下願 (hē-guān)：許願。
2. 點著 (tiám-to̍h)：點燃。
3. 好玄 (hònn-hiân)：好奇。
4. 心 (sim)：蠟芯兒，蠟燭當中的棉線，可以點燃。
5. 番仔火 (huan-á-hué)：火柴。

跳　樓

愛情敢會當秤重
我足想欲試探
跋落情海
傱入情網
一跤愛你入心拔桶
縛一條長長長心索
揣無你神祕的心井通繾

毋是欲試
自由落體滋味
毋是欲測
高樓懸度有幾米

是我痴是我戇
我干焦　干焦
欲用我為你痴迷的身軀
盡心量看覓
你我緣份
有偌深

你我的愛情

有偌重

・ 親目看隔壁痴情女性為愛跳樓有感

2020. 11《海翁台語文學》

2005. 9. 23 寫 / 2020. 3. 25 大修

註：

1. 跋落 (puah-loh) ～：跌落。
2. 傱入 (tsông-jip) ～：闖入。
3. 拔桶 (puah-tháng)：吊桶。
4. 縋 (luī)：用繩索吊物，以便拉上或拉下。
5. 自由落體：力學名詞。一物體在沒有空氣阻力或浮力的情況下，受重立場的作用而產生加速度自由下落。

臺南作家作品集　全書目

● 第一輯

編號	書名	作者		出版年月	定價
1	我們	•黃吉川	著	100.12	180元
2	莫有無 — 心情三印一	•白　聆	著	100.12	180元
3	英雄淚 — 周定邦布袋戲劇本集	•周定邦	著	100.12	240元
4	春日地圖	•陳金順	著	100.12	180元
5	葉笛及其現代詩研究	•郭倍甄	著	100.12	250元
6	府城詩篇	•林宗源	著	100.12	180元
7	走揣臺灣的記持	•藍淑貞	著	100.12	180元

● 第二輯

編號	書名	作者		出版年月	定價
8	趙雲文選	•趙　雲	著	102.03	250元
		•陳昌明	主編		
9	人猿之死 — 林佛兒短篇小說選	•林佛兒	著	102.03	300元
10	詩歌聲裡	•胡民祥	著	102.03	250元
11	白髮記	•陳正雄	著	102.03	200元
12	南鵲是我，我是南鵲	•謝孟宗	著	102.03	200元
13	周嘯虹短篇小說選	•周嘯虹	著	102.03	200元

14	紫夢春迴雪蝶醉	• 柯勃臣	著	102.03	220 元
15	鹽分地帶文藝營研究	• 康詠琪	著	102.03	300 元

● 第三輯

16	許地山作品選	• 許地山	著	103.02	250 元
		• 陳萬益	編著		
17	漁父編年詩文集	• 王三慶	著	103.02	250 元
18	烏腳病庄	• 楊青矗	著	103.02	250 元
19	渡鳥 — 黃文博臺語詩集 1	• 黃文博	著	103.02	300 元
20	噍吧哖兒女	• 楊寶山	著	103.02	250 元
21	如果 · 曾經	• 林娟娟	著	103.02	200 元
22	對邊緣到多元中心：臺語文學　主體建構	• 方耀乾	著	103.02	300 元
23	遠方的回聲	• 李昭鈴	著	103.02	200 元

● 第四輯

24	臺南作家評論選集	• 廖淑芳	主編	104.03	280 元
25	何瑞雄詩選	• 何瑞雄	著	104.03	250 元
26	足跡	• 李鑫益	著	104.03	220 元
27	爺爺與孫子	• 丘榮襄	著	104.03	220 元

28	笑指白雲去來	• 陳丁林 著	104.03	220 元
29	網內夢外 — 臺語詩集	• 藍淑貞 著	104.03	200 元

● 第五輯

30	自己做陀螺 — 薛林詩選	• 薛 林 著 • 龔 華 主編	105.04	300 元
31	舊府城 • 新傳講 — 歷史都心文化園區傳講人之訪談札記	• 蔡蕙如 著	105.04	250 元
32	戰後臺灣詩史「反抗敘事」的建構	• 陳瀅州 著	105.04	350 元
33	對戲，入戲	• 陳崇民 著	105.04	250 元

● 第六輯

34	漂泊的民族 — 王育德選集	• 王育德 原著 • 呂美親 編譯	106.02	380 元
35	洪鐵濤文集	• 洪鐵濤 原著 • 陳曉怡 編	106.02	300 元
36	袖海集	• 吳榮富 著	106.02	320 元
37	黑盒本事	• 林信宏 著	106.02	250 元
38	愛河夜遊想當年	• 許正勳 著	106.02	250 元

39	臺灣母語文學： 少數文學史書寫理論	• 方耀乾	著	106.02	300 元

● 第七輯

40	府城今昔	• 龔顯宗	著	106.12	300 元
41	臺灣鄉土傳奇二集	• 黃勁連	編著	106.12	300 元
42	眠夢南瀛	• 陳正雄	著	106.12	250 元
43	記憶的盒子	• 周梅春	著	106.12	250 元
44	阿立祖回家	• 楊寶山	著	106.12	250 元
45	顏色	• 邱致清	著	106.12	250 元
46	築劇	• 陸昕慈	著	106.12	300 元
47	夜空恬靜一流星 臺語文學評論	• 陳金順	著	106.12	300 元

● 第八輯

48	太陽旗下的小子	• 林清文	著	108.11	380 元
49	落花時節 - 葉笛詩文集	• 葉　笛	著	108.11	360 元
		• 葉蓁蓁	葉瓊霞　編		
50	許達然散文集	• 許達然	著	108.11	420 元
		• 莊永清	編		
51	陳玉珠的童話花園	• 陳玉珠	著	108.11	300 元

52	和風人隨行	•陳志良	著	108.11	320 元
53	臺南映像	•謝振宗	著	108.11	360 元
54	【籤詩現代版】天光雲影	•林柏維	著	108.11	300 元

● **第九輯**

55	黃靈芝小說選（上冊）	•黃靈芝 •阮文雅	原著 編譯	109.11	300 元
56	黃靈芝小說選（下冊）	•黃靈芝 •阮文雅	原著 編譯	109.11	300 元
57	自畫像	•劉耿一 •曾雅雲	著 編	109.11	280 元
58	素涅集	•吳東晟	著	109.11	350 元
59	追尋府城	•蕭　文	著	109.11	250 元
60	臺江大海翁	•黃　徙	著	109.11	280 元
61	南國囡仔	•林益彰	著	109.11	260 元
62	火種	•吳嘉芬	著	109.11	220 元
63	臺灣地方文學獎考察 — 以南瀛文學獎為主要觀察對象	•葉姿吟	著	109.11	220 元

● 第十輯

64	素朴の心	•張良澤	著	110.05	320 元
65	電波聲外文思漾 一 黃鑑村文學 作品暨研究集	•顧振輝	著	110.05	450 元
66	記持開始食餌	•柯柏榮	著	110.05	380 元
67	月落胭脂巷	•小城綾子	著	110.05	320 元
68	亂世英雄傾國淚	•陳崇民	著	110.05	420 元

● 第十一輯

69	儷朋/聆月詩集	•陳進雄/吳素娥	著	110.12	200 元
70	光陰走過的南方	•辛金順	著	110.12	300 元
71	流離人生	•楊寶山	著	110.12	350 元
72	臺灣勸世四句聯 — 好話一牛車	•林仙化	著	110.12	300 元
73	臺南囝仔	•陳榕笙	著	110.12	250 元

● 第十二輯

74	李步雲漢詩選集	• 李步雲	著	111.12	320 元
		• 王雅儀	編		
75	停雲 — 粟耘散文選	• 粟　耘	著	111.12	360 元
		• 謝顓編	選		
76	解剖一隻埃及斑蚊	• 王羅蜜多	著	111.12	220 元
77	木麻黃公路	• 方秋停	著	111.12	250 元
78	竊笑的憤怒鳥	• 郭桂玲	著	111.12	220 元

● 第十三輯

79	拈花對天窗 — 龔顯榮詩集	• 龔顯榮	著	113.01	250 元
		• 李若鶯	編		
80	我在；我在鹽鄉種田	• 林仙龍	著	113.01	360 元
81	向文字深邃處摘星 — 華語文學評論集	• 顏銘俊	著	113.01	300 元
82	記述府城：水交社	• 蕭　文	著	113.01	280 元
83	往事一幕一幕	• 許正勳	著	113.01	280 元
84	南國夢獸	• 林益彰	著	113.01	360 元

臺南作家作品集 第十三輯(83)

往事一幕一幕

國家圖書館出版品預行編目（CIP）資料

往事一幕一幕 / 許正勳著. -- 初版. -- 臺北市：羽翼實業有限公司；臺南市：臺南市政府文化局, 2024.01　面；　公分. -- (臺南作家作品集. 第13輯；83)
ISBN 978-626-97799-1-8(平裝)
863.51　　112015140

作　　者｜許正勳
發 行 人｜謝仕淵
督　　導｜陳修程 林韋旭 黃宏文 方敏華
編輯委員｜呂興昌 林巾力 陳昌明 廖淑芳 廖振富
主　　編｜陳昌明
行　　政｜陳雍杰 李中慧 陳瑩如

總 編 輯｜徐大授
編　　輯｜陳姿穎 許程睿
封　　面｜佐佐木千繪
設　　計｜清創意設計整合工作室
排　　版｜重啟有限公司
校　　對｜施明勝 許正勳

出　　版
羽翼實業有限公司
地　　址｜108009臺北市萬華區長沙街二段91號3樓之15
電　　話｜02-23831363
臺南市政府文化局
地　　址｜永華市政中心 708201臺南市安平區永華路2段6號13樓
　　　　　民治市政中心 730210臺南市新營區中正路23號5樓
電　　話｜06-6324453
網　　址｜http://culture.tainan.gov.tw

印　　刷｜合和印刷有限公司
經 銷 商｜大和書報圖書股份有限公司
出版日期｜2024年1月初版
定　　價｜新臺幣280元
ISBN 978-626-97799-1-8　　GPN 1011201254　　文化局總號2023-724

展售處
- 中華民國政府出版品展售門市
  國家書店　104472臺北市松江路209號1樓 02-2518-0207
  五南文化廣場　400002臺中市中山路6號 04-2226-0330
- 臺南市政府文化局文創發展科
  700016臺南市中西區府前路1段195號（愛國婦人會館內）06-2149510